행복을 지금,
당신 곁에 놓아두세요.
흔흔

됐고요,
일단 나부터 행복해지겠습니다

됐고요,
일단 나부터 행복해지겠습니다

초판 1쇄 발행 2023년 12월 15일

펴낸 곳 섬타임즈
펴낸이 이애경
편집 이안
디자인 박은정

출판등록 제651-2020-000041호
주소 제주시 원남6길 58, 202호
이메일 sometimesjeju@gmail.com
대표전화 0507-1331-3219
인스타그램 sometimes.books

ISBN 979-11-985203-1-9 03810

나를 응원하고
싶은 날,
쓰고 그린
365일의 이야기

하다하다 글&그림

됐고요, 일단 나부터 행복해지겠습니다

섬타임즈

프롤로그

남편과 나, 시어머니, 이렇게 셋이서 남편 고향인 부산에 갔다가 서울로 돌아오는 차 안. 남편의 사촌 여동생이 했던 질문이 화두로 떠올랐다.
“우리 옆옆 동 11층에 사는 시동생 가족 넷이 아파트 엘리베이터를 수리하는 4일 동안 우리 집에서 잠시 지내겠다는데 어떻게 하죠?”
시동생 가족과 딱히 친하지도 않은 데다 집도 작은데 오겠다고 하니 난감하다며 울기 직전의 표정을 짓던 사촌 여동생. 차 안의 세 명 모두 11층까지 걸어 다니면 되지 자기 집 놔두고 왜 다른 사람을 불편하게 하느냐로 의견이 모였다.
“택도 없는 소리네요. 저라면 그냥 문 잠그고 여행 갈래요.”
경우 없고 선 넘는 걸 잘 용납 못하는 내가 말했다. 시어머니가 웃으신다.
나는 착한 사람은 아니다. 개인주의적이고 나 중심적이다. 일단 내 행복이 차고 넘쳐야, 흐르고 흘러 다른 사람에게도 전달된다는 신념을 갖고 있다. 물론 삶의 목표는 '선한 사람'이지만 무작정 '착한 사람'이고 싶지는 않다. 배려하는 걸 좋아하지만 내 마음에 불행이 얹히지 않는 경우에 한해서다. 배려, 양보, 나눔 앞에서 나는 일단 마음을 사린다. 하지 않기 위해서가 아니라 더 잘하기 위해서다. 상대에게 마음을 주고도 상처받는 일이 없어야 배려와 나눔은 끊임없이 이어지니까.

제주에 살며 나부터 좀 더 행복해지는 방법을 알아가고 있다. 부산한 세상 소음과 치렁치렁한 인간관계가 정리되니 길이 보이기 시작했다. 나에게 집중하고, 좋아하는 것을 일상에 더하다 보면 '이런 게 행복이지'라는 순간이 자주 찾아온다. 나를 우선적으로 배려하고, 아끼고 사랑하는 일은 생각보다 어렵지 않다. 그런 일상이 여기에 모여 있다.

하다하다

일러두기

- 이 책은 2022-2023년 동안 매일 기록한 내용 중 일부를 작가가 선별해 1년으로 구성했습니다.
- 원서명으로 출처를 표기한 인용문은 작가가 원서를 읽고 직접 번역해 넣은 문장입니다.

JANUARY

1월

1월 1일

오름 사이로 첫해가 떠오른다. 알 수 없는 365개의 새날을 짊어지고도 가뿐히 솟아오르는 용기를 본다. 가능성으로 가득한, 미래를 품은 수많은 태양을.

1월 2일

한라산 1100도로로 드라이브를 갔다. 새해 첫날인 어제 가지 않은 이유는 뭐, 복잡한 게 싫어서다.
시리도록 하얀 상고대 아래 선명히 새겨지는 내 발자국. 앞코가 닳아 벌어진 어그 부츠가 노련한 사냥꾼의 장화 같아 무척이나 그럴듯해 보인다. 찰칵, 사진 한 장. 한 해의 시작을 축하하는데 이 정도면 적당하다.
기록하지 않은 건 기억되지 않는다. 사소한 일상이라도 기록하면 나의 발자취가 된다. 멈추든 돌아서든 지그재그로 나아가든 모든 걸음이 내가 선택한 역사니까.
무심코 그냥 흘려보낼 사소한 일도 기록하고 나면 뭔가 대단해 보인다. 사소한 건 아무것도 없다. 스스로 하찮게 여기지 않는다면.

·☽

1월 3일

작년에 계획한 것도
다 못 이뤘는데 또 계획?
괜찮아

to do list
계획의 반을 실패한 게 아니라
계획의 반을 이룬 거니까.

1월 4일

계절 중 겨울을 가장 좋아한다. 겨울에는 보호받는 느낌이 들어서다. 두꺼운 외투, 포근한 기모 바지, 손난로, 귀마개, 군고구마, 화롯가의 장작처럼 세상 모든 것들이 나를 따뜻하게 보호하기 위해 곁을 내어준다.

주머니 속 사랑하는 사람과 맞잡은 손도, 호호 불어 마시는 달달한 핫초코 한 잔도 다정하고 살갑다. 무언가 나를 위해 애써준다는 사실만으로도 금세 마음이 따뜻해지는 겨울, 가장 다정한 계절.

1월 5일

'산에 오르려면 신발부터 신어라'라는 말이 있다. 신발만 신어도 반은 이룬 셈이다.
늘어진 일상을 깨는 일을 할 때는 첫걸음이 중요하다. 이 첫걸음을 떼는 데는 평소보다 조금 더 에너지가 필요하다. 나는 이럴 때 부러 소리를 크게 낸다.
"좋아! 한 번 해볼까?"
입으로 말하고 귀로 듣고 나면 마음을 움직이는 게 한결 쉽다. 첫걸음만 떼면 나머지는 저절로 걸어진다. 그리고 꼭 정상까지 올라갈 필요가 있나. 적당히 올라가다 내려오면 그뿐이지. 산에 오르는 건 즐기기 위해서지, 반드시 정상에 오르기 위함은 아니니까.

1월 6일

잠들기 전 가장 행복한 순간은 재미있는 영상을 보거나 굿나잇 뽀뽀를 하는 게 아니라 남편 손을 가만히 잡아끌어 내 볼에 얹고 예쁜 말의 씨앗을 뿌려주길 기대하는 찰나의 시간이다. 늘 반짝반짝 빛날 거라고, 늘 평안할 거라고, 늘 사랑이 넘칠 거라고, 남편은 내 얼굴을 쓰다듬으며 얘기한 후 입을 맞춘다.
좋은 말이 계속 쌓이면 정말 그렇게 될 것만 같아 마음이 행복으로 충만해진다. 이 말의 씨앗을 잘 품고 싹 틔워야지.

1월 7일

꼼짝없이 집에 갇히는 상황을 의외로 즐긴다. 내가 어쩔 수 없는 일이 세상에 많다는 걸 자주 경험하고 나면 바짝 조여 있던 마음이 조금 느슨해진다.
순리에 적응하고, 욕심내지 않는다. 어떻게든 해보려고 마음을 부대끼지 않는다. 내가 살고 있는 한라산 중산간 마을에 폭설이 쏟아지면 누구보다 신나 하는 이유다. 내려놓음의 저 밑바닥까지 가다 보면 조금 더 능숙하고 노련한 어른이 되어 있지 않을까 기대하면서.

☾

1월 8일

하루 일과표를 짠다. 원래는 새해 첫날에 하는 일이지만 일부러 느긋하게 일주일을 보내고 계획을 세워본다.
겨울에는 6시, 여름에는 5시 정도에 기상하는 나는 아침에 여유가 많아 하는 일도 많다. 책을 읽고, 좋아하는 커피를 마시고, 작업실에 가서 글을 쓰고, 그림을 그리고, 다시 집에 돌아와 한 시간가량 운동을 하는 일정으로 하루를 세팅. 단, 모든 일의 사이사이에 여유를 둔다.
예전에는 정해놓은 계획이 조금만 흐트러져도 스트레스를 받았다. 하지만 지금은 상당히 유연해졌다. 중간에 어떤 일이 스멀스멀 끼어들어도 짜증 내지 않는다. 생각대로 되지 않는다는 건 생각지도 않았던 특별한 일이 일어날 수 있다는 거니까. 그리고 이런 일을 많이 경험한 어른이 되었으니까.

1월 9일

집에 있는 창문을 모조리 활짝 연다. 온 벽을 타고 휘청거리는 제주의 칼바람을 그대로 맞아본다. 베이스 사운드가 잘 잡힌 스피커를 켜고 이승환의 〈기다린 날도 지워질 날도〉를 플레이한다. 시리도록 추운 날에 즐겨 듣는 노래다. 10대 때부터 지켜온, 겨울을 나는 나만의 리추얼이다.

이 노래를 들으면 그 시절의 어떤 장면으로 다시 돌아가서 좋다. 풋풋했던 옛날의 나를 기억할 수 있어서다. 그리고 자주, 그 기억은 힘이 된다.

1월 10일

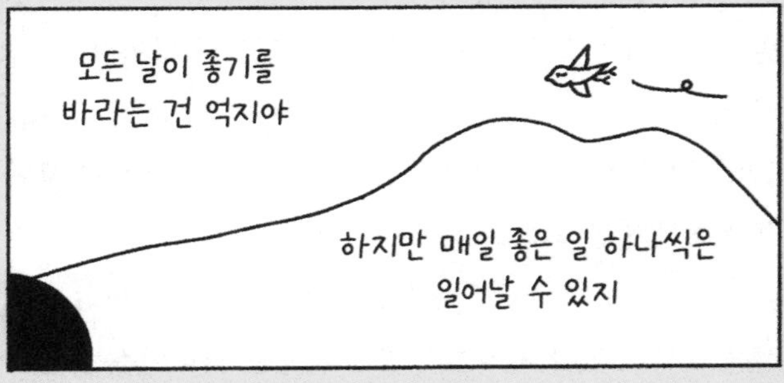
모든 날이 좋기를
바라는 건 억지야
하지만 매일 좋은 일 하나씩은
일어날 수 있지

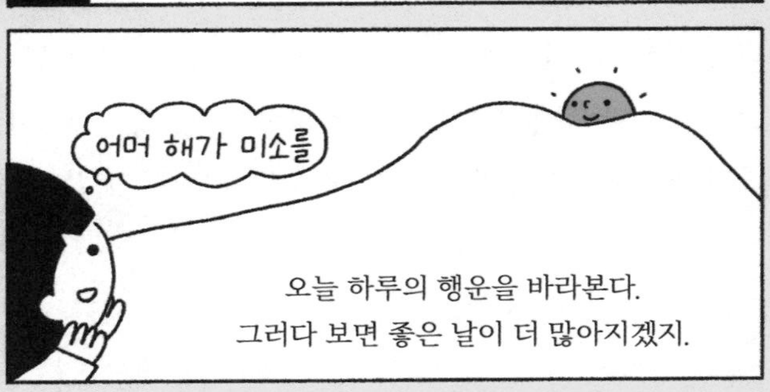
어머 해가 미소를
오늘 하루의 행운을 바라본다.
그러다 보면 좋은 날이 더 많아지겠지.

1월 11일

원데이 클래스에서 그림을 가르쳐준 강사의 말이 인상 깊었다.
“미술 전공자들은 선 하나 긋는 데도 너무 고민하느라 그림을 시작하지 못해요.”
나는 전공자도 아니고 그림도 잘 모르는 사람이라 느낌 대로 선을 죽죽 그었다. 아이패드라는 새로운 디바이스는 종이나 캔버스와는 다르게 선을 감쪽같이 지우거나 자유자재로 그릴 수 있다. 겁낼 필요가 없었다. 그렇게 거침없이 그리다 보니 어느새 그림 그리는 사람이 되었다. 그리고 깨달았다.
때로 행운은 소소한 도전 속에 숨어 있기도 한다는 걸.

1월 12일

어른이 되니 좋다. 확실히 여유가 생겼다. 속도를 조절하는 힘이 생겼고, 세상을 바라보는 관점도 관대해졌다. 사람을 향한 이해도 조금 더 깊어진(내 딴에는) 듯하다. TV 예능 프로그램에서 좋아하는 배우에게 '20대로 돌아가실래요?'라고 묻자 단칼에 싫다고, 50대가 된 지금에 너무 만족한다고 했던 말이 이해가 된다.
청춘의 파릇함이 탐나긴 하지만 어지러운 감정의 소용돌이와 시행착오 속으로 다시 들어가라면 음… 글쎄다. 나도 지금의 내가 너무 좋다. 모든 것이 적당하다. 더할 것도 뺄 것도 없다.

1월 13일

자기계발서를 자주 읽는다. 명언집도 꽤 유용하다. 심기일전하며 워밍업 하려면 다른 사람들의 이야기가 필요하다. 타인의 생각이나 삶의 태도를 들여다보다 보면 마음에 깊숙이 들어오는 문장이 적어도 한 개는 있다.
올해 나는 이 문장을 사랑하게 됐다.

"당장 자신을 믿기 어렵다면 시간을 믿으십시오. 열 마리 말이 하루를 갈 길이라면, 한 마리 말로 열흘을 가면 됩니다. 자기를 믿기 어렵다면 자신에게 좀 더 시간을 주십시오. 인생에서 중요한 문제는 대개 급하게 처리할 일들이 아닙니다. 천천히, 결국은 해결하리란 믿음이 나와 내 인생을 좌절과 비난에서 건져낼 것입니다."

— **서천석, 《서천석의 마음 읽는 시간》**(김영사)

1월 14일

겨울에는 나무들이 너무 쓸쓸해 보인다. 죽은 게 아닐까 싶을 정도로 메마른 사막에 서 있는 모습이다.
몇 년 동안 정원이 있는 단독주택에 살며 나무의 사계절을 지켜보니 알게 된 게 있다. 겨울이 끝나면 반드시 봄은 오고 앙상한 가지에 초록이들이 팝콘처럼 피어난다는 것을. 저 안에 강한 생명들이 웅크리고 있다는 것을.
중요한 것은 눈에 보이지 않는다. 황량하게 마른 나뭇가지에서 초록의 강한 생명을 본다.

1월 15일

벌써 느슨해지는 걸까? 갑자기 모든 것이 귀찮다.

'새해가 시작된 지 2주밖에 되지 않았잖아….'

머리에선 이렇게 외치는데 자꾸만 몸이 늘어진다. 옛날 같으면 애쓰고 달래며 의지의 불쏘시개를 지폈겠지만 지금의 나는 다르다. 올해의 나는 작년의 나보다 관대한 어른이 되었으니 나에게 조금 여유를 주기로 한다. 삶이 매번 개근일 수는 없다.

1월 16일

설 명절 선물로 보낼 옥돔을 사러 구제주에 있는 동문시장에 갔다. 부모님과 시부모님께 가려면 비행기를 타야 하는 데다 직접 들고 이동하려면 부피가 크고 무거워 우리 부부는 몇 년 전부터 택배로 미리 선물을 보낸다. 신기한 건 아직도 친정이든 시댁이든 빈손으로 들어가면 뭔가 묘한 섭섭함이 있다. 명절엔 손에 바리바리 선물을 싸들고 가는 게 제맛인데.

'마트에서 뭐라도 사서 들어가야 하나?'

그럴 때마다 생각한다. 이런 사소한 일 하나에도 내가 가진 생각의 틀은 참 견고하구나.

1월 17일

마음에 들지 않는 행동을 자책하거나 실망하는 일이 더러 있다. 모두 나 스스로에 대한 기대 때문이다. 갓 입사한 인턴처럼 삶을 배워가던 시절에는 더 나은 사람이 될 수 있게 나를 바꾸려 노력하고 단련시키는 편을 택했다.
하지만 이제 그런 시절은 지났다는 생각이 든다. 대신 있는 그대로의 나를 받아들이는 데 집중한다. 다른 사람보다 나 자신에게 더 친절한 사람이 되고 싶으니까.
자책하지도 실망하지도 않을 수 있는 방법은 무엇일까? 좋은 사람이길 포기하면 된다.

☾

1월 18일

"쉽게 기쁨을 느끼는 사소한 행복을 많이 만들어놓는 것이 좋대."

독서가인 남편이 어느 책에선가 읽었다며 말을 전한다. 그래서인지 '맛있는 식당'만 찾는 나에게 매번 '맛있는 것만 찾다 보면 맛없는 것을 먹었을 때 생기는 불행한 감정을 다루기 어려워진다'라는 식의 말을 하는 빈도가 줄었다. 남편은 처음에 그것이 지나친 '욕망'이라고 했다.

욕망이든 뭐든 먹을 때만큼은 행복하고 싶다. 게다가 난 하루에 두 끼밖에 안 먹잖아. 그 짧은 시간이나마 나에게 다정해지고 싶다.

☾

1월 19일

옛날엔 행복하게 잘 사는 게
나의 바람이었다면

불행이 내 인생을 건드리지 않고
나쁜 사람의 눈에 띄지 않게 해주세요

✦

1월 20일

아끼는 그릇이 있다. 일본 츠키지 시장 근처 그릇상점에서 사온 코발트색 작은 종지다. 여기에 초고추장이나 견과류, 치즈를 담아 먹는다. 쓰임도 잦고 꺼낼 때마다 기분이 좋다. 어쩜 이렇게 묘한 색을 냈을까. 볼 때마다 감탄한다. 여기에 무엇을 담아 먹어도 늘 맛있게 느껴진다.

흔히 사람을 그릇에 비유한다. 그러면서 늘 큰 그릇이 되라고 한다. 내 생각은 다르다. 작은 그릇이어도 좋다. 자주 손이 가고 쓸 때마다 누군가를 기쁘게 해주는 그런 작은 그릇만 되어도 충분한 가치가 있다.

1월 21일

부모님 집에 가면 내가 어렸을 때부터 써온 파이렉스 밀크 컵이 있다.

"시집올 때 맘먹고 산 거야. 미제라서 비쌌거든."

그 잔을 앞에 두고 엄마는 추억에 잠긴다.

수십 년 세월이 묻어난 빈티지 컵에 커피를 담아 마실 때면 나도 그 추억을 함께 마시는 느낌이 든다. 물건이라기보다는 인생을 함께 해온 오랜 친구처럼 여겨지기도 한다. 친정에 가서 그 컵을 꺼낼 때마다 반갑고, 늘 그 자리에 있어줘서 애틋하다.

앞으로 나와 남은 세월을 함께할 좋은 물건들만 집에 들이기로 한다. 대충 쓰다 버리는 그런 인연 말고 오랜 세월 함께할 수 있는 좋은 친구를 들이는 거니까.

·☽

1월 22일

인생의 반은 산 것 같다(아마도). 지금까지 살아보니 때로 좋은 날도 있고 힘든 날도 있다. 좋은 날도, 힘든 날도 영원하지 않다는 것도 안다.
인생에 업다운이 있다는 건 다행스러운 일이다. 좋은 날은 즐기고, 그렇지 않은 날은 견디는 법을 연습하게 되니까. 연습하다 보면 단단해지니까.

1월 23일

부모님의 언어는 자식에게 초점이 맞춰져 있다. 설 연휴, 서울에 올라간 우리는 친정에서 시댁으로 출발하며 어머님께 전화를 드렸다.

"출발했나~ 배고프다, 어여 온나."

시댁에 거의 도착할 즈음 갑자기 근처 아울렛에 들렀다 가자는 남편. 어머님 배고프시다는데 뭔 소리냐고 눈을 흘기자 남편이 박장대소한다. '배고프다'의 주어는 엄마가 아니라 '너희들'이라는 것이다. 진짜? 내 뱃속 사정을 어머님이 어떻게 아셔? 이상했다.

시댁에 도착해 어머님께 묻자 빙긋 웃으신다. 자기 배고프다고 자식들 빨리 오라는 부모가 어디 있냐고. 부모는 항상 자식이 먼저다. 부모란 그런 것이다.

1월 24일

제주에 폭설이 내렸다는 소식을 뉴스로 본다. 항공기 전면 결항. 멀리 떨어진 서울에서 제주의 폭설 소식은 고향집에 두고 온 멍뭉이 이야기처럼 아련함이 있다. 내려갈 수 있겠냐고 걱정하는 엄마를 뒤로 하고 조용히 날씨 예보를 본다.
“내일 낮 기온이 영상 10도네. 문제없어!”
쌓인 눈은 녹고 공항은 정상을 되찾을 것이다. 제주살이 8년 차 짬밥이다.

1월 25일

"안 추우세요?"

"춥긴 추운데, 이 정도야 뭐. 영하 30도에서도 견뎌봤어요."

지인이 나를 신기한 눈으로 바라본다. 오로라를 보기 위해 갔던 영하 30도가 일상인 캐나다 옐로나이프, 체감 온도 50도에 가까운 두바이를 여행하면서 얻은 건 바로 '훗' 정신이다. 최대치를 경험한 자만이 가질 수 있는 승리감이랄까. 아무리 더워도 아무리 추워도 '훗, 이 정도 가지고 뭘'이라고 말할 수 있는 깡. 그 상황에서도 살아지고 살아남더라, 라고 할 수 있는 일종의 자신감. 바닥을 경험한다는 건, 극한까지 가본다는 건 어떤 면에서 축복이다.

1월 26일

1월 27일

소복소복 눈 퍼지는 소리가 오선지에 얹히듯 내려앉는다. 눈 오는 날은 고요한 듯하지만 조용히 귀를 기울이면 평소보다 더 소란스럽다. 인생도 그렇겠지.

☾

1월 28일

겨울에 더 행복한 이유는 나를 괴롭히는 벌레들로부터 해방되기 때문이다. 땅속 어딘가에 다리 많은 악당들이 분명 웅크리고 자고 있겠지만 봄이 되기 전까지는 마음 놓고 지낼 수 있다.
보이지 않지만 분명히 존재하고 있는 것들. 때로 어떤 것들은 눈에 보이지 않으면 그냥 잊고 사는 게 편하다. 끊어진 인연들도 아마 그런 연유에서일 것이다.

1월 29일

병원에 갈 때마다 매번 스트레스가 많은 사람이라는 이야기를 듣는다. 산부인과에서도, 심장내과에서도, 소화기내과에서도 같은 이야기를 들었다. 나는 무고를 주장하는 억울한 피의자의 심정이 된다.

“저는 스트레스가 없는데요? 행복하고 상당히 만족하며 살아요.”

하지만 의사들은 올곧게 내가 어떤 증상을 이야기하면 스트레스가 몸으로 온 거라고 했다. 이런 일들이 이어지자 나를 유심히 들여다봤다. 나는 민감한 사람이며 스트레스를 받지만 그걸 잘 느끼지 못하는 것 같다.

이후로 나는 내 몸이 보내는 신호를 잘 관찰하기로 했다. 어딘가 아프면 ‘아, 뭔가 스트레스를 받고 있구나’라고 판단하기로. 열심을 내려놓고 열정을 잠시 미루고 조금 속도를 줄인다.

✦

1월 30일

구멍이 송송 뚫린 쌀 씻는 바가지에 분홍색 물때가 생겼다. 줄잡아 오백 개나 되어 보이는 구멍들. 이쑤시개를 꺼내어 하나씩 긁어내며 유튜브를 뒤진다. 단순노동엔 음악이 제격이지.

나의 노동요는 토이의 〈뜨거운 안녕〉이다. 즐겁게 부르는 이별 노래. 찬란해서 더 슬픈 노래. 뒤죽박죽된 관계와 감정이 엉켜버린 어린 시절, 쓸데없는 일에 정성을 다하며 나도 그 어려운 시간들을 견뎌냈겠지. 바가지를 긁다 떠올린 추억.

☾

1월 31일

모든 것이 불확실하다는 건, 모든 가능성이 열려 있다는 이야기도 된다. 지금 나는 불확실성에 살고 있고, 그것이 나를 꿈꾸게 한다. 불확실한 것들이 나를 꿈꾸게 한다.

FEBRUARY

2월

2월 1일

귤밭 너머에서 쏟아지는 아침 햇살이 부엌 창에 드리우면 티셔츠 하나 챙겨 입고 마당으로 나간다. 폐까지 시린 공기를 깊게 들이마시며 햇살을 온몸으로 맞는다.
겨울 햇살에는 뭔가 애틋함이 있다. 아무리 애쓰고 몸을 비벼도 결코 뜨거워지지 않는 겨울 공기를 짝사랑하는 느낌이랄까.
내가 대신해 햇살의 사랑을 온몸으로 받아준다. 햇살은 차가운 공기를 따뜻하게 만들지 못해도 내 마음 하나쯤은 충분히 발갛게 달아오르게 한다.
하루를 살아가는 데 한 줌 햇살이면 충분하다.

2월 2일

세상에서 가장 행복지수가 높다는 덴마크에서 행복 연구가로 유명한 마이크 비킹(Meik Wiking)은 북유럽 사람들의 행복지수가 높은 게 아니라, 적어도 그들은 불행하지 않은 것이라고 설명했다.
나도 내가 행복하기만을 바라는 비현실적인 욕심은 없다.
그저 내가 불행의 눈에 띄지 않기를 바랄 뿐이다.

☽

2월 3일

"넌 참 겁이 없어. 뭐든 뚝딱뚝딱 해보잖아."

엄마가 내게 이렇게 말할 때 제일 뿌듯하다.

안전지대를 벗어나 불확실하고 불완전한 도전을 해봐야 나에 대한 믿음의 뿌리가 내린다는 걸, 내가 스스로 증명하고 있는 것 같아서다. 이 믿음의 뿌리는 평생 나를 지탱해주는 힘이 된다.

땅 위에 보이는 나무의 크기만큼 뿌리도 땅 아래에 뻗어 있다. 나에 대한 믿음의 크기만큼 나는 땅 위에서도 자란다. 잎이나 가지보다 뿌리가 더 크고 튼튼한 사람이면 좋겠다.

2월 4일

아픈 곳이 건드려지는 순간이 있다. 나의 성격적 결함, 깨어진 관계, 지우고 싶은 순간들. 상처 혹은 후회가 계속 의식될 때는 그냥 묻어두는 편을 택한다. 이런 건 시간이 해결해준다는 걸 수없이 경험했기 때문이다.

·●·

2월 5일

제주 해녀 할머니들의 인터뷰 영상을 봤다. 행복한 순간이 언제였냐는 질문에 한 할망은 이렇게 답했다.

"행복했던 순간이 이셔신가. 이제사 막 행복하게 살아졈신게(행복했던 순간이 있었나. 이제 막 행복하게 산다)."

젊었을 때 고생만 한 할머니는 이제야 진짜 행복이 뭔지 알게 되었다는 이야기를 했다. '살당보민 살아진다(살다보면 살아진다)'는 말만 붙들고 살아온 한 평생. 하지만 돌아보면 지나온 길에 꽃이 피지 않은 적은 없었다고, 꽃은 늘 피어 있었다는 해녀 할망의 말은 바다 위에 정직하게 서 있는 부표 같았다.

내가 지나온 길에도 늘 꽃은 피어 있었겠지. 앞으로의 모든 길에도 그럴테고.

2월 6일

오늘 내가 이루고 싶은 건
'여유'

온 마음을 다해 여유를 완성해본다.

☾

2월 7일

'이름 없는 풀도 열매를 맺는다. 삶을 다 바쳐 자신의 꽃을 피우자.'

시인이자 서예가인 아이다 미츠오(相田みつを)의 시다. 그는 이름 없는 서예가에서 명성을 얻기까지 40년이 걸렸다고 한다. 60세가 되어서야 독특한 서체로 사람들의 관심을 받기 시작했다.

이 시인처럼 꽃을 피우는 데 오랜 시간이 걸려야 한다면 지금 내가 할 일은 에너지를 잘 배분하는 일이다. 성급하지 말 것, 매일 최선을 다하되 에너지를 과도하게 쓰지 말 것, 조금씩 조금씩 꾸준히 할 것, 그리고 꽃을 피우기까지 결코 좌절하지 말 것.

☾

2월 8일

사람마다 자기만의 틀이 있다. 인생을, 세상을 바라보는 일정한 틀. 새로운 생각도 여러 방향으로 흐르다 내가 편안함을 느끼는 쪽으로 결국 돌아온다. 고집일 수도 있고 스타일일 수도 있다. 좋게 말하면 신념 같은 것. 마치 태양을 중심으로 지구가 도는 것처럼 말이다.
가끔 나는 우주 저 너머의, 궤도가 일정하지 않은 어떤 행성 같은 사람이고 싶을 때가 있다. 예측 불가능한 채 머물다 사라지는 그런.

☪

2월 9일

굳이 인생을 힘들게 살고 싶지는 않은데 도전적인 인생을 살아온 사람에게 켜켜이 쌓인 내공과 지혜는 탐이 난다.
오늘의 나는 이미 내공이 많이 쌓인 사람이면 좋겠다. 내 인생에 들이닥쳤어야 할 어려운 일을 이미 대부분 겪었다는 의미니까.

✦

2월 10일

"당신을 사랑하는 마음이 어제가 최대치인 줄 알았는데 오늘 그 사랑이 더 커진 것 같아."
실없는 소리를 전혀 하지 않는 사람이 조심스럽게 꾹꾹 담아내는 한마디. 내가 행복한 이유.

2월 11일

20대에 인생의 정점을 찍는 것과 50~60대에 인생 최고의 순간을 맞는 것 중 하나를 택하라고 한다면 내 선택은 후자 쪽이다. 철없을 때 빛나는 인생을 맛보는 건 저주가 될 수도 있다는 것을 아는 나이가 됐기 때문이다.

·)

2월 12일

매트를 펴놓고 운동을 하고 있는데 갑자기 머리가 빙빙 돌았다. 이석증인가 싶어 이비인후과에 가서 검사를 했다. 의사는 이석증이 아니라 감각이 '예민'해서 그렇다고 했다. 코끼리 코를 하고 빙그르르 한 번 돌 때 다른 사람이 느끼는 세 배 이상의 어지럼을 느낄 정도라고. 눈앞에 나타나는 자극에도 강하게 반응하고, 주위 소리에도 민감하고, 그래서 깜짝깜짝 놀라는 거라고 한다(나는 집중력이 강해서 그런 줄로만 알았다). 길을 걸을 때 차가 지나가는 소리나 움직임 같은 주변의 자극도 보통 사람들보다 크게 느낀다고 했다.

세상에… 다들 이러고 사는 줄 알았는데. 이 나이에도 나에 대해 조금씩 알아간다. 나라는 민감하고 섬세한 인간에 대해.

2월 13일

2월 14일

제주에 놀러오는 지인 중 대부분은 '얼굴 한번 보자'며 연락한다. 하지만 여행 일정 중에는 늘 다양한 변수가 생겨 만나게 되는 사람도 있고 그렇지 못하는 사람도 있다. 8년간 겪다보니 알게 됐다. 정말 나를 만나고 싶은 사람은 어떻게 해서든 시간의 틈을 벌려 나를 보러 온다.
누군가와 어떤 인연인지 정확히 알려면 채근하지 않고 그냥 놔두면 된다. 스치는 인연은 스쳐 가고, 머무는 인연은 잠시라도 머문다. 만날 인연은 만나게 된다.

2월 15일

도로 운전 중에 싱크홀이 생겨 내 차가 빠져버리면 어쩌나, 식당에서 밥을 먹는데 음주운전자가 식당을 들이받으면 어쩌나, 라는 상상. '예기 불안'이라고 한다. 불안은 불안을 낳으니 좋을 게 없다.

이런 생각이 떠오를 때면 다른 스위치를 켠다. 누군가 나에게 로또를 선물로 주었는데 1등에 당첨된다, 어느 먼 친척이 나에게 땅을 유산으로 남겼으니 찾아가라는 연락을 받는다는 상상 회로를 켠다.

뭐, 어차피 둘 다 쓸데없는 상상이다.

2월 16일

인생에 한 번쯤은 모두가 '오른쪽'이라고 할 때 '왼쪽'으로 방향을 틀고 걸어봐야 한다. 20대 초반, S그룹 홍보실에 입사한 뒤 연수원에서 뛰쳐나올 때 모두가 '대체 왜?'라고 했다. 타인이 그토록 부러워하는 삶을 살아볼 기회를 버렸다고 했다.

하지만 그때 선택 덕분에 나는 늘 나만의 길을 갈 수 있었다. 정말 '큰 기회'로 불리는 것을 사양하고 나니 내 안에 단단한 마음이 생겼다.

내 길을 가고 있는 내가 마음에 든다.

☾

2월 17일

반찬이 담긴 밀폐 용기의 뚜껑을 열고 작은 접시에 먹을 만큼만 옮겨 담는다. 테이블 매트를 깔고, 그릇에 밥과 국을 담고, 반찬을 담은 접시를 매트 위에 놓은 다음, 식사를 시작한다.

나는 혼자 집에서 밥을 먹어도 밀폐 용기에 담긴 반찬을 뚜껑만 연 채 그대로 먹지 않는다. 남은 반찬과 밥을 믹싱 볼에 넣고 비벼 먹는 것도 잘 하지 않는다. 매번 정갈하고 소박하게 나만의 밥상을 차린다.

사실 설거지가 많이 생기니 비효율적이다. 시간도 낭비된다. 하지만 식탁에서만큼은 효율을 따지지 않는다. 혼자 있을 때야말로 나를 가장 소중히 대해야 하는 시간이니까. 내가 나를 대충 대하면 남도 나를 대충 대한다. 누구보다 나를 잘 돌보고 싶다.

☾

2월 18일

가끔 누구도 나를 이해하지 못한다는 생각이 들 때는 내가 안드로메다에서 온 외계인이라고 상상해버린다. 그러니 당신들이 나를 알 리가 없지. 내 생각은 이해할 수도 없고. 마음이 편안해진다.

2월 19일

"나눠 받은 카드로 승부할 수밖에 없는 거야."

좋아하는 애니메이션 〈스누피〉의 대사다. 사람은 태어나면서 각자 주어진 카드가 있기에 인생은 평등하지 않다. 이걸 인정하기까지 시간이 걸린다. 하지만 인정하고 나면 삶이 한결 수월해진다.

남이 갖고 있는 카드에도, 나에게 없는 카드에도 나는 관심 없다. 내게 무슨 카드가 주어졌는지, 그걸 언제 어떻게 잘 써야 하는지만 주로 생각한다.

어떤 카드는 시간이 오래 걸려야 또렷해진다. 지금은 희미한 형태만 있어 정확한 쓰임새를 알지 못한다. 그런 카드가 나에게 많으면 좋겠다. 조커도 한 장쯤 있다면 더 즐겁겠지.

✦

2월 20일

나는 기질적으로 고생하거나 직접 경험하는 쪽을 선호한다. 그래서 늘 주의를 기울여 고생하지 않는 편을 택하려고 한다. 그렇게 해도 끝에 가서 보면 굳이 그래도 되지 않을 일을 고생해서 해놓은 경우가 많다. 그럴 때마다 이렇게 다독인다.

'고생 끝에 낙이 오겠지.'

2월 21일

돌을 뚫고 나와
자라다니 대견하네
보도블럭 사이에
심어놓은 무를 봤다.
참 성실하게
잘 자라주었구나
척박한 환경 속에서
꿋꿋이 싹을 틔운 무를
칭찬해주고 싶었다.

·☽

2월 22일

냉장고 문을 열다 문득 멈춘다. 내가 뭘 꺼내려 했더라? 목표가 사라져 어정쩡해진 손을 거두는 찰나 생각이 난다. 아, 우유.

"이런 바보같으니라고!"

자책하고 있는 내게 남편이 한마디 한다.

"나의 부인에게 욕하지 마시오."

자기 부인에게는 누구도 욕할 수 없다고, 그게 설령 나 자신이라 할지라도. 언제나 든든한 내 편이 있다는 건 행복한 일이다.

·☽

2월 23일

인생에서 가장 중요한 일은 돈을 많이 벌거나, 유명해지거나, 능력자가 되는 게 아니라 내 전성기가 언제인지를 아는 것이다. 이걸 알지 못하는 사람들은 후회하거나 고생한다. 전성기를 놓쳤는데도 밀어붙이거나 아직 오지 않았는데도 포기하기 때문에.

·☽

2월 24일

"인생의 전성기는 알아채기 쉽지 않아요. 여러분. 언제 시작될지 모를 전성기를 놓치지 않도록, 자라면서 늘 주의를 기울여야 해요. 그리고 그 시기를 온전히 누려야 합니다(One's prime is elusive. You little girls, when you grow up, must be on the alert to recognise your prime at whatever time of your life it may occur. You must then live it to the full)."

뮤리얼 스파크(Muriel Spark)가 쓴 《The Prime of Miss Jean Brodie(진 브로디 선생의 전성기)》에 나오는 내용이다.
아뿔싸! 전성기가 지나갔는데, 완전히 누리지 못한 건 아니겠지.

2월 25일

리얼리티 프로그램을 보다 보면 사람 사는 건 다 똑같다는 결론을 내리게 된다. 연예인이든 일반인이든, 부자든 가난한 사람이든, 미남이든 그렇지 않든. 그것이 묘하게 위로가 된다.

결국, 인생 거기서 거기다.

2월 26일

사람은 누구나 각자 가지고 있는 생각의 틀이 있다. 멋지게 말하면 프레임이고, 풀어 말하면 어떤 생각을 하든지 결국 생각이 한 방향으로 흐르는 것이다. 긍정적으로 말하면 생각이 견고하다는 것이고, 다른 면으로 보자면 늘 비슷한 생각에 갇혀 있다는 것이다.

나는 나이가 들수록 생각의 틀을 깨는 사람이 되고 싶다. 유연한 사람이 되고 싶다.

☾

2월 27일

슬슬 바깥 산책을 한다. 피부에 와 닿는 차가운 바람과 아무리 걸어도 땀나지 않는 적당히 쌀쌀한 공기, 두꺼운 장갑 없이 사랑하는 사람과 손을 잡고 서로의 온기를 더 깊이 느낄 수 있는 겨울의 끝이 참 좋다. 함께라서 더 따뜻한 겨울의 엔딩.

☾

2월 28일

나에게 많은 기대를 하지 않는다. 조금 시도해보고 기다린다. 채근하지 않는다. 무리하지 않고 할 수 있는 한 조금씩. 그저 발 하나를 뗄 뿐이다. 앞으로 가든 뒤로 가든 연연해하지 않는다. 발을 떼고 움직였다는 사실만으로도 나는 성장했으니까. 나는 늘 조금씩 자란다.

MARCH

3월

3월 1일

취미로 배운 음악치료 덕에 정신건강복지센터에 출강을 나가는 친구가 있다. 본업도 바쁘고 일이 많아 음악치료 수업을 줄이려고 하면 이상하게 여기저기서 수업을 해달라는 요청이 더 들어온단다.

이번에는 초등학교에서 강의를 하게 되었는데 한 학기 강의가 끝나자 아예 고정으로 맡아달라는 제의를 받았다며 웃는다.

“이러다 너 진짜 유명한 음악치료사가 되는 거 아닐까, 이 나이에.”

“그러니까. 죽을 때까지 내가 뭐가 될지 몰라.”

다 자란 어른에게도 꿈이 있고 새로운 미래가 있다는 걸 내 눈으로 목격 중이다. 맞아, 나도 죽을 때까지 내가 뭐가 될지 모르는 법이지. 청춘이 꿈꾸는 게 아니라 꿈꾸는 사람이 청춘이다.

·)

3월 2일

마당에 있는 로즈마리 줄기 몇 개를 잘라 물컵에 담아 놓았다. 한 달 정도 지나면 고목 껍질 같던 줄기를 뚫고 뿌리가 나오기 시작한다. 잔뿌리가 많이 나와 뿌리가 풍성해질 즈음, 햇빛 좋은 날을 골라 마당에 심으면 꺾꽂이 프로젝트는 끝. 로즈마리 한 줄기에 불과했던 아이는 이렇게 나무가 될 기회를 얻는다.

잘려 나갈 때만 해도 절망 가득한 끊어진 생명이었는데. 그건 절망이 아니라 희망의 시작이었다. 희망을 심기 위해서는 잠깐의 어둠을 견딜 줄 알아야 한다. 수많은 줄기 중 하나가 아닌 온전한 하나의 작은 나무가 되기 위한 행복한 이별이었음을 나무는 알고 있었을까.

☽

3월 3일

무리(無理) 도리나 이치에 맞지 않거나 정도에서 지나치게 벗어남.

나처럼 성격이 급하고 목적주의인 사람이 주로 빠지는 함정이 바로 '무리'다. 스스로 나태해지는 꼴을 못 봐서다. 무리는 주로 몸이 힘든, 형이하학적인 개념인 줄 알았는데 단어를 곱씹어보니 내 마음, 몸, 생각의 정도(어쩌면 한계치)가 어긋난 걸 의미하는 단어였다.

나를 잘 알수록 나의 한계치도 잘 알게 된다. 나를 잘 알수록 무리하지 않게 된다. 무리하지 않을수록 나를 오래 아껴줄 수 있다.

3월 4일

"우리 중간에서 만나자."
지인과의 약속을 집 근처로 잡았다. 부담이 없는 적당한 거리다. 맏딸인 나는 양보와 배려가 습성처럼 배어 있다. 지인과 만날 때 내가 지인이 있는 쪽으로 움직이고, 다른 사람이 먹고 싶은 메뉴를 먹고, 타인이 편한 시간에 약속을 잡는 편이다. 몸은 불편한데 내 맘은 편하다.
결혼하고 나서는 달라졌다. 나에게 맞춰주는 남편 덕에 내가 하고 싶은 대로 한다. 세상에 이렇게 좋은 걸. 왜 나는 타인을 위해 내가 주로 배려하는 방식을 택해왔을까.
'호의가 계속되면 권리인 줄 안다'는 말은 '호의를 계속 베풀면 내 의무인냥 착각하게 된다'는 말과도 같다. 호의를 베푸는 대상은 타인도 되지만 때로는 나이기도 해야 한다. 그래서 의도적으로 나부터 챙기려고 노력한다. 일단 나부터 행복해지기 위해.

·●·

3월 5일

머리가 복잡하고 손에 아무것도 잡히지 않는 날 하면 좋은 것들이 있다. 주로 바빠서 하지 못했던 '해야 할 일들'이다. 집 청소하고 정리하기. 먼지를 털어내고 버릴 것들을 선별해 묵은 것들을 싹 정리한다. 세탁기 필터에 낀 먼지를 이쑤시개와 면봉으로 세심하게 닦기. 제습기 물통을 싹 비워내고 안쪽까지 박박 닦기….

단순한 노동은 생각의 늪에 빠지는 걸 막아주고 어차피 해야 할 일이 해결되니 좋다.

3월 6일

말하는 속도를 늦춰 대화하는 게 좋다. 단어를 가려서 말할 수 있고 감정도 고를 수 있기 때문이다. 같은 뜻이라도 단어가 주는 뉘앙스가 다르니 상대를 배려하며 대화하려면 조금 천천히 반응하는 게 좋다. 상대의 태도에 화가 나더라도 몇 초만 잠시 말을 멈추면 고조됐던 감정이 다소 누그러진다. 말의 속도를 늦추는 건 장점이 꽤 많다.

3월 7일

욕실에서 가끔 큼큼한 냄새가 날 때, 거실 한 귀퉁이에 먼지와 엉겨 붙은 머리카락을 발견할 때. 내가 살림하지 않던 시절 엄마 아빠의 집은 어쩌면 그리 깨끗했을까, 감탄에 젖는다. 나 모르게 수고하고 고생한 손이 있었다는 사실은 내가 직접 살림을 해본 뒤에야 깨달았다.

'이건 끝없는 청소 지옥이군.'

이래서 그런 말이 있었던가. '꼭 너 같은 딸 낳아봐라'라는.

맞다. 결국 인생은 되돌이표다.

3월 8일

우울한 날
처방전
드라마
떡볶이
오징어
식후 취침하세요
≒
화가 나는 날
처방전
만화
떡볶이
쥐포
식후 취침하세요
좋아하는 것들로
채우니 행복해
우울하거나 화가 나는 날
셀프 치료를 위해
처방전을 만들었다.

☾

3월 9일

온 마을이 해무로 덮였다. 날이 갑자기 따뜻해지면 바다에 머물던 수분이 수증기로 변해 섬으로 돌진해온다. 바닷가에서 있다가도, 시내에 있다가도 하얀 입자로 뭉쳐 군단처럼 '돌진'하는 해무를 마주할 때면 덜컥, 두려운 마음이 든다. 쓰나미든, 태풍이든, 해무든 바다는 우리를 이토록 강력히 위협할 수 있는데도 늘 점잖게 그저 포용해주고 있구나. 자연을 경험할 때마다 인간은 그저 한없이 작은 존재라는 걸 느낀다. 그래, 까불지 말자.

✦

3월 10일

우리는 겸손을 미덕으로 삼는다. 다른 사람이 나를 칭찬할 때 '에이~ 아니에요'라고 해야 마음이 편하다. 나도 원래 그런 편이었다. 일정 기간 미국과 캐나다에 살며 그런 태도가 조금 바뀐 것 같다. 외국에서는 타인이 칭찬하면 "고마워", "감동인데", "고생했지만 나도 마음에 들어" 이런 식으로 반응한다.

타인이 나를 칭찬할 때 칭찬을 받아들이지만 상대가 '잘 났어, 정말'이라고 느끼지 않는 대화법이 있다. 칭찬에 대한 고마움을 상대에게 돌려주는 것이다. '제가 뭘 한 게 있나요'보다는 '마음에 드셨다니 다행이네요', '좋은 파트너를 만나 제 능력을 충분히 발휘할 수 있었어요' 등의 대답들. 나도 잘했고 너도 잘 알아줘서 고맙다는 말을 하면 자존감이 한층 업그레이드 된다.

3월 11일

옛날에 한라수목원으로 산책을 가면 오름 정상 부근에 가서야 노루를 보는 행운을 누릴 수 있었다. 몇 년 만에 다시 찾은 한라수목원. 산책로를 따라 걸으며 매화꽃 사진을 찍다가 깜짝 놀랐다. 산책로까지 나와 풀을 뜯어 먹던 노루와 눈이 마주쳤기 때문이었다.
당황한 건 노루가 아니라 바로 나였다. 사람이 있든 말든 당당히 먹이를 먹는 노루들과 그들을 피해 산책을 이어가는 사람들의 조심스러운 발걸음. 나를 안전한 사람이라고 느낀다는 게 신기하고 고마웠다. 자연은 이렇게 무조건적인 사랑을 나에게 주는구나. 무해한 사람으로 노루에게 인정받은 것 같아 기분 좋아진 아침.

·☽

3월 12일

문득 돌아보면 '내가 왜 그랬을까' 싶은 때가 있다. 그 생각에 깊이 빠지다 보면 후회와 미련이 켜켜이 쌓이며 나를 탓하게 되고 마음이 울적해진다. 그럴 때마다 떠올리는 마법 같은 문장이 있다.

'그때의 나에겐 그게 최선이었을 거야.'

과거의 내가 최선을 다했을 것이라고, 나를 믿어준다. 지금의 내가 늘 최선을 다하는 것처럼 그때도 그랬을 거라고.

·)

3월 13일

그림을 그리기 시작하면서 깨닫게 된 건 사소한 것들을 꾸준히 하는 힘이다. 뭔가 잘하려다 보면 어쩔 수 없이 힘이 들어가고 쉽게 지친다. 작가로서의 나, 일을 하는 나는 늘 '잘하고 싶은 욕망'에 사로잡혀 최종 목적지가 번 아웃이 되곤 한다.
하지만 인스타그램에 올리는 그림 이야기는 좀 달랐다. 그저 하루의 사소한 일들을 모아 꾸준히 그리는 나의 그림일기였다. 보잘것없어 보이는 그림들이 차곡차곡 모이니 나의 일부가 됐다. 쉽게 할 수 있는 작은 일들을 부담 갖지 않고 꾸준히 하기. 그렇게 나는 조금씩 나아가고 있다. 그렇게 나는 꾸준히 하는 사람이 되어가고 있다.

3월 14일

리키 넬슨(Ricky Nelson)의 노래 〈가든 파티(Garden Party)〉를 틀었다. 기타와 셰이커 사운드가 기분을 업시키는 컨트리 스타일의 곡이다. 무라카미 하루키(村上春樹)가 《직업으로서의 소설가》에서 인용한 곡이라 듣기 시작했는데 글쓰기 전에 들으면 에너지가 차올라 좋다.
"모든 사람을 즐겁게 해줄 수 없다면 나 혼자 즐기는 수밖에 없지(You see ya can't please everyone, so ya got to please yourself)."
나의 이 글이 누군가에게 감동을 주지 못해도 괜찮다. 그냥 하루하루 일기를 써나가는 내가 즐거우면 된다. 내가 유일한 독자여도 괜찮다. 독자가 된 나를 설레게 하는 한 문장만 있다면.

3월 15일

고구마를 보고
열심히 살아갈 힘을 얻는다.

3월 16일

앞집 사는 아주머니가 아저씨의 부축을 받고 집 밖으로 걸어 나온다. 재활치료를 받으러 가시는 길이다. 몇 년 전 중풍으로 쓰러진 이후 일상이 된 불편한 나들이. 다리를 잘 움직이지 못하시는데 우리가 처음 본 3년 전보다 훨씬 걸음이 자연스러워지셨다. 아주머니를 태우고 가는 택시를 향해 손을 흔드는 아저씨의 옅은 미소.
사랑이란 어쩌면 거창한 게 아니라 그저 이런 성실함일지도 모른다는 생각이 들었다. 나의 사랑도 이렇게 성실하기를.

☾

3월 17일

〈엄마는 아이돌〉이라는 프로그램을 봤다. 결혼해 아이를 낳은 뒤 경단녀가 된 유명 여자 가수들이 다시 무대에 서는 것을 목표로 하는 프로그램이다. 다른 신인 오디션 프로그램과 달리 뭉클했던 건 그들의 시작점이 달라서였다. 새로 파종한 새싹이 아닌, 밑둥이 잘린 고목나무를 보는 느낌처럼 애틋했다. 원더걸스 출신 선예를 응원하기 위해 나온 박진영이 그랬던가. "나는 이게 끝인가 보다, 라고 생각하고 있는 수많은 엄마들에게 용기를 주는 것 같다"고.
모든 것이 다 끝난 것 같고, 더 이상 미래가 없고, 이렇게 조금씩 사라지는 것 같을 때, 누군가에게 발견되는 것, 기회를 갖는 것, 다시 일어서는 것을 목격하는 것만으로도 마음이 뜨겁다. 그들을 응원하는 건 나 자신을 응원하는 것이기도 하니까.

☾

3월 18일

벚꽃이 피기 시작했다. 12월부터 기다려온 내게 약속이나 한 듯 환하게 터뜨려주는 미소. 하지만 아이러니하게 나는 12월의 벚나무를 더 좋아한다. 꽃을 품은 채 동그랗게 몸을 말고 겨울을 나고 있는 꽃눈이 보이는 시기이기 때문이다. 꽃눈은 갈색이었다가, 고동색이었다가, 검은 갈색이었다를 반복하다 어느 순간 환한 핑크빛으로 꽃망울을 터뜨린다. 내가 3개월 전부터 지켜보고 있었다는 걸 알았을 리 없는데. 벚꽃 한 잎 한 잎이 내 앞에서 찬란히 빛난다. 마치 고맙다는 인사를 하듯이.

그 무엇이 되기 전부터 기대해주는 사람이 있다는 건 행복한 일이다.

☾

3월 19일

'이것만 고치면 좋을 텐데….'

어떤 사람을 보며 이렇게 판단하는 순간이 있다. 다른 사람도 나를 볼 때 그런 적이 있겠지. 그래서 입을 다물고 가만히 있게 된다. 어른이 될수록 말을 줄여야 하는 이유가 더 많이 생긴다.

✦

3월 20일

작년 이맘때쯤 쓴 일기를 펼쳐봤다. '인스타그램 팔로워 1000명 만들기'가 목표라고 써 있다. 아주 비장한 글씨로 말이다. 팔로워가 이렇게나 많아질 거라고 그때는 생각도 하지 못했다. 꿈은 이렇게 내 계획과는 상관없이 이뤄지기도 한다.
그런데 막상 팔로워가 많아지니 숫자가 내려갈 때마다 마음이 요동을 친다. 팔로워가 많지 않았을 때는 없던 고민이다. 팔로우 취소가 계속되며 숫자가 휘청거릴 땐 내가 만든 이야기가 재미없다는 버튼을 다다다다 누른 관중들 앞에 선 것 같아 숙연해진다. 알고리즘 신이 어디로 가시는지 자꾸 관찰하게 된다. 이걸 너무나 잘 아는 법정 스님이 그랬지. 무언가를 갖는다는 건 그 무언가에 얽매이는 것이라고.

3월 21일

돌 틈 사이를 뚫고 나오는 작은 들꽃들을 본다. 척박함이 좋아서 그곳에 뿌리내리진 않았겠지. 환경에 아랑곳하지 않고 주어진 자리에 만족하며 꽃을 피우는 일에 열심인 모습이 참 대견하다. 나보다 낫다.

3월 22일

인생의 가장 큰 아이러니는 모든 게 내 뜻대로 되지 않는다는 것이다. 아주 희미하지만 거대한 손길 아래 모든 일이 얽혀 이뤄지는 느낌이랄까. 그걸 깨닫는 순간순간마다 나는 계단처럼 성장한다.

3월 23일

"별일 없으시죠?"

이런 식의 안부 인사는 상투적인 문장이었는데, 시간이 흐르면서 정말 별일이 없는지를 들여다보는 인사가 되고 있다. 상대가 아프지 않은지, 안 좋은 일이 생기진 않았는지. 가까운 사람들의 안부가 정말 궁금해진다.

3월 24일

쌀쌀한 느낌이 머물던 3월 초에 하나둘씩 꽃을 피우더니 꽃이 떨어진 자리에 딸기가 몽글몽글 솟아 있다. 갈색 솜털을 뒤집어쓴 흰둥이 딸기. 햇살을 받고 조금 더 시간을 견뎌내면 달콤하고 싱싱한 빨간 딸기가 되겠지.
그때는 정신 바짝 차려야 한다. 일찍 일어난 새가 나보다 먼저 보물을 찾아내 먹어 치우고 말테니까. 사람과의 경쟁을 피하러 시골로 왔더니 새와 경쟁해야 하는군.

3월 25일

글을 진짜 재치있게 쓰네
와… 34쇄나 찍었어
비교하는 마음이 생기면

다시 나의 시작점으로 돌아온다.
각자의 길이 다르고
펼쳐가는 인생이 달라

3월 26일

다정하면서도 간섭하지 않고, 관심을 기울이면서도 오지랖을 펼치지 않는 정도의 적당한 거리가 늘 필요하다. 사람과의 관계에서 중요한 건 그 거리를 정확히 아는 일이다.

☾

3월 27일

제주 구도심 쇼핑거리인 칠성로를 산책했다. 아기자기한 소품을 파는 숍과 카페, 문구점 등이 모여 있는 곳. 특히 봄에는 화려하게 청사초롱을 단 벚꽃길로도 유명하다. 개인이 운영하는 작은 상점에 들어가면 펜 하나라도 구입해서 나오는 편이다. 내가 그곳을 들어갈 때 주인이 어떤 기대를 하는지 잘 알기 때문이다.

펜 하나 구입하는, 보잘것없는 작은 소비지만 어쩌면 그 상점 주인에게는 그날 하루의 '유일한 행운'일 수도 있다는 생각을 한다. 상대를 한순간이라도 행복하게 해줬다면 나는 꽤 의미 있는 일을 한 게 아닐까. 나도 그런 행운을 매일 하나씩 얻고 싶기도, 타인이 나를 향해 조금 애써주는 마음을 받고 싶기도 하고.

☾

3월 28일

제주에는 벚꽃을 볼 수 있는 멋진 장소가 많다. 동쪽 가시리 마을, 서쪽 장전리, 제주 시내 칠성로, 그리고 서귀포 신풍리까지 온 섬이 벚꽃으로 휘날린다. 내 집 앞에도 벚꽃길이 있지만 돌아 돌아 멀리 꽃구경을 다녀온다니, 신기한 일이다. 서쪽 사람들은 동쪽으로, 동쪽 사람들은 서쪽으로 움직인다. 익숙한 것에는 감동을 느끼지 못하는 걸까, 아니면 벚꽃은 그저 여행의 이유일까.
제주 동쪽으로 벚꽃 구경을 갔다 오던 길, 집 앞 벚꽃길 앞 간이 식탁에 앉아 맥주 한 캔을 마셨다. 생각해보면 우리 집 앞 벚꽃 풍경이 제일 예쁘다.

☪

3월 29일

게으른 것은 이기적이다, 라는 문장을 편애한다.
편애한다는 말은 더 좋아한다는 표현이지 옳고 그르다는 판단이 개입된 건 아니다. 그 말을 편애하는 이유는, 게으름으로 생기는 어떤 부족함이나 문제를 결국 다른 사람의 희생으로 해결해야 하기 때문이다. 선한 마음이 이용당할 때만큼 슬픈 때는 없다.

✶

3월 30일

나를 틀에 가두는 일은 정말 싫지만 카테고리화 해주는 정도는 괜찮다. 알파벳 네 개만 얘기하면 나를 어느 정도는 설명할 수 있으니 얼마나 실용적인지.
나는 현실에서는 잘 볼 수 없다는 여자 인티제(INTJ)다. 상상 속에서만 존재한다는 유니콘이다. 사회화가 잘 된 편이라 엔티제(ENTJ)처럼 보이기도 하지만.

3월 31일

내가 본 인티제(INTJ)에 대한 설명 중 가장 정확하고 다정한 표현은 '따뜻한 얼음'이다. 이게 뭐라고 위로가 되나.

APRIL

4월

4월 1일

"성숙한 사람은 받은 것에 집중하지만 미성숙한 사람은 받지 못한 것에 집중한다."

어느 칼럼에서 읽은 글이다. 여기서 삶을 대하는 태도가 결정되는 것 같다. 받은 것에 집중하면 내게로 오는 작은 행운에도 감사하지만 받지 못한 것에 집중하면 모든 것이 불행해진다. 내 인생을 어떤 방향으로 이끌고 나갈지는 사실 나에게 달려 있다. 그래, 받은 것들을 세어보자.

·)

4월 2일

숲을 걷다 보면 수백, 수천 가지의 나무와 식물 들이 한 땅에 옹기종기 모여 있는 풍경을 볼 수 있다. 하늘을 향해 쭉 뻗은 편백나무나 삼나무 사이로 햇빛을 받으려고 틈새로 올라온 동백 같은 작은 나무들. 그 아래 꽝꽝나무처럼 더 작은 나무들이 빽빽하게 모여 있다. 해가 잘 들어오지 않는 곳에는 해를 좋아하지 않는 양치식물류의 풀들이 땅을 점령하고 있고.

나는 세상에서 어떤 나무일지 상상해본다. 다른 나무에 기대어 살지만 시원한 그늘을 만들어주는 등나무 정도면 어떨까. 무리하지 않는 선에서 적당히 자라고 적당히 유연한.

4월 3일

인생 별거 없다. 누군가에게 고마운 사람이 될 수 있다면 그것만으로도 족하다. 인생, 사실 심플하다.

4월 4일

아침마다 새들은 무슨 이야기를
그리 쉴 새 없이 하는지 궁금하다.

4월 5일

구름이 빠르게 흘러간다. 비를 담은 구름이 순식간에 모습을 바꾸며 하늘을 뒤덮을 땐 조금 무서운 기분이 든다. 어떤 구름은 하늘에 두둥실 떠 있다 한참을 머물다 가기도 한다. 구름을 타고 날 수 있다면 이제는 천천히 흐르는 구름을 선택하고 싶다.

4월 6일

매몰 비용이라는 게 있다. 지금까지 들인 시간과 돈, 노력이 아까워서 사업을 접지 못하고 손해가 눈덩이처럼 불어난다는 뜻이다.
매몰 비용 때문에 비합리적인 결정을 계속하게 되는 경우 중 가장 안타까운 케이스는, 내 생각엔 연애다. 연인과 함께 지내온 시간, 서로 합을 맞춰온 무수한 다름, 공들인 노력, 공유한 추억 들이 아까워 헤어지지 못한다. 헤어짐이 답인 것을 아는데도.

☾

4월 7일

남을 도왔다가 그걸 알아주지 않는 상대 때문에 속상할 때가 있다. 이런 일을 겪으면 마음이 돌처럼 굳어져 다시는 타인을 돕지 않겠노라 다짐하기도 한다. 그러다 속 좁은 나를 돌아보며 스스로에게 실망하기도 하고.

누군가 그랬다. 애초에 돕고 싶은 마음을 먹지 않으면 실망할 일도 없다고. 성경에도 '선을 행하되 낙심하지 말라'는 말이 있다고. 이 둘은 세트로 찾아온다고.

남을 도우려는 마음이 있으면 반드시 실망하는 마음도 따라오는 법. 그러니 실망해도 괜찮다. 마음껏 실망하고 툴툴 털고 일어나서 또 도우면 된다.

☾

4월 8일

“그냥, 뭔가 일이 잘 안 되면, 안 돼서 더 잘 된 거라고 생각해.”
기대하고 있던 일이 어그러지는 바람에 실망한 내게 친구가 말했다. 그 말을 듣자마자 안개가 걷히듯 시야가 맑아졌다. 잘 안 된 일이 어쩌면 더 잘 된 일일 수 있다니. 맞다. 내겐 그런 일들이 꽤 있었다. 잊고 있던 나의 수많은 실패와 좌절이 생각났다.
살아보니 지금 원하는 무언가가 확실히 내 인생에 도움이 된다는 보장은 없다. 게다가 내가 원하는 것과 나에게 좋은 것이 다른 경우가 많다. 나쁜 남자에게 끌리지만 실은 그럴수록 피해야 하는 것처럼. 그러니 마음을 다잡는 게 중요하다.
바라던 일이 잘 안 되면 자연스럽게 ‘이게 끝인가’, ‘이제 어쩌지’라는 좌절감이 따라붙는다. 그때마다 이 문장을 떠올리기를 다짐해본다.
“안 돼서 더 잘 된 거야.”

4월 9일

나는 치팅데이인 주말에 떡볶이와 순대, 돈가스나 자장면 등 먹고 싶은 음식을 먹기 위해 주중 5일간 식단을 조절한다. 앱을 펼치거나 밖으로 나가면 당장 모든 식욕을 충족할 수 있는 세상이지만 무라카미 하루키가 말했듯 그 시간을 참고 견디는 '철저한 자기 규제'를 더하면 훨씬 더 맛있고 행복하게 음식을 맛볼 수 있다.

TV를 끊고 OTT를 보는 것도 같은 이유다. 밥 먹을 때나 단순 그림 작업할 때만 좋아하는 프로그램을 본다. 아이러니하게도 짧게 시청하고 꺼버리면 다음에 볼 게 많다는 생각에 행복해진다. 직구로 구입한 고가의 세탁 세제는 아껴뒀다 가끔 쓸 때마다 충만한 기쁨을 준다.

늘 곁에 있으면 무뎌지지만 적당한 규제는 그 존재를 더 깊이 인식하게 한다. 이런 작지만 확실한 행복들을 부러 만드는 편이다. 생활 속에서 늘 행복에 닿아 있기 위해.

✦

4월 10일

같은 옷을 내리 4일 정도 입을 때가 있다. 어차피 매일 만나는 사람이 다르니, 어제와 같은 옷을 입었는지는 나밖에 모른다. 행여 우연히 같은 사람을 만나더라도 그 사람은 내가 어제 무슨 옷을 입었는지 전혀 관심 없다. 알아챘다고 해도 그게 뭐 문제인가?

이틀 동안 같은 옷을 입으면 밤에 남편이 몰래 수거해 세탁한 뒤 다시 걸어놓는다. 그렇게 같은 옷을 나흘 정도 입는다. 매일 무슨 옷을 입을까 고민하고 싶지 않다. 생각하고 고르는 데 걸리는 시간을 줄이면 삶이 편하다. 스티브 잡스나 저커버그가 같은 옷을 여러 벌 사서 매일 바꿔 입는 이유도 나와 똑같겠지.

4월 11일

'사부작사부작'이라는 단어를 좋아한다. 거대하지 않지만 작은 씨앗 같은 기쁨을 품고 손을 움직이는 행위. 결과에 큰 기대를 하지 않지만 그 움직임이 끝났을 때 맛보는 소소한 행복을 포함하는 것 같아서다.
비록 실패한다 하더라도 전혀 개의치 않을 정도로 가벼운 마음의 부담만 가지는 것이다. 뭔가 끊임없이 계속될 것 같은 움직임이 느껴지는 그런. 이러다 묘비에 '사부작사부작대다 떠나다'라고 써달라고 하는 건 아니겠지.

·☽

4월 12일

제주 중산간에 작업실을 마련해 일하고 있다. 오픈된 공간이라 서울에서 여행온 친구들이나 나와 만나고 싶은 사람들이 가끔씩 방문한다. 처음 작업실에 오는 사람들은 이렇게 말하곤 했다.

“작업실이 널 닮았어.”

작업실은 소박하다. 좋아하는 고가구 몇 개, 화가에게 구입한 그림 몇 점, 나무 테이블과 책장이 조용히 배치되어 있는 햇살 가득한 곳이다. 일본의 작은 마을에 있는 소박한 서점 같다고 다들 말했다. 집에 놀러온 몇몇 친구들도 그랬다. 집이 날 닮았다고.

내가 어떤 느낌의 사람인지는 잘 모르지만 사람들의 말을 통해 어렴풋이 알게 됐다. 아, 나는 나만의 색깔이 있구나. 나에겐 최고의 칭찬이다.

·)

4월 13일

컬럼비아대학교의 쉬나 이옌가르(Sheena Iyengar)와 스탠퍼드 대학교의 마크 래퍼(Mark Lepper)는 〈선택이 의욕을 상실시킬 때(When Choice is Demotivating)〉라는 논문에서 선택의 폭이 다양할수록 사람들은 오히려 피로감을 느끼며 만족감이 떨어진다고 했다. 선택의 폭이 광범위하면 즐겁기는 하지만 결정을 하는 데 부담을 느끼고 결국 불만족한다는 것이다.
가끔 어떤 중요한 결정을 할 때, 선택의 폭이 많지 않아 힘들었다 혹은 아쉽다는 이야기를 했던 나를 반성했다. 이제 나의 언어를 바꿔야 할 때다. 선택의 폭이 많지 않아서 너무 행복하다고. 기왕이면 둘 중 하나만 선택하는 세상에 살고 싶다. 완벽히 마음에 드는 딱 한 개가 있어 선택하지 않아도 되면 베스트고.

4월 14일

아인슈타인이 말했다.

"인생을 사는 데는 두 가지 방법이 있다. 하나는 기적 같은 건 없다고 믿는 삶이고, 다른 하나는 모든 일이 기적이라고 믿는 삶이다."

마음을 열고 주위를 둘러보면 모든 게 기적이다.

4월 15일

다시 여행을 꿈꾼다. 거침없이 세계를 돌아다니던 시절이 그립다. 떠나지 못하고 일상에 얽매여 있던 지난 몇 년 동안 나를 돌아보지 못했다. 내가 어떤 사람인지 잊은 것 같기도 했다. 익숙한 일상의 자리에 걸터앉아 나를 다른 시각으로 보는 게 생각보다 쉽지 않다.

여행은 나를 깊게 들여다보는 창문과도 같다. 낯선 곳에서 망원경을 든 것처럼 고민 중인 문제 전체를 조망하기도 하고, 때로는 현미경처럼 내 감정 세포를 면밀히 들여다보기도 한다. 여행은 나를 연구하는 행위다. 나를 조금씩 더 알아갈 때 나는 한 뼘 더 성장한다. 오늘 성산이라도 다녀와야겠다.

4월 16일

'사람은 추억을 먹고 산다'는 이야기를 별로 좋아하지 않았다. 뭔가 고리타분해 보이기도 하고 늘그막에 하는 얘기처럼 들렸으니까.
언제부터인가 그때 봤던 풍경이 참 좋았다, 라든지 행복했던 사건과 인물에 대해 이야기하는 시간이 늘었다. 주로 해외에서 여행할 때 일어난 일들과 풍경에 담긴 에피소드들이다. 당시 느꼈던 다양한 감정이 생각나서 좋고, 그걸 추억하며 다시 행복감에 빠지는 게 좋다. 이런 행복감이 실제 정신 건강에도 좋다는 말을 들었다.
재잘재잘 토해낼 추억을 많이 만들어야겠다. 일상에서 작은 이벤트 만들기, 가능한 여행 많이 다니기 등은 미래의 나를 위한 연금과도 같다. 가끔씩 꺼내어 쓰며 즐거울 수 있는.

4월 17일

모든 물건에는 추억이 담겨 있다.
내가 묻어 있다.

☾

4월 18일

혼자 있는 걸 좋아해서 나의 세계는 좁디좁다. 그래서 직장인으로 열심히 살며 다양한 사람들을 만났다.
책을 읽는 이유도 같다. 타인의 경험과 생각에 조우해 편협함에 갇히지 않기 위해서다.

☾

4월 19일

시간이 멈춘 듯, 느리게 흘러가는 그런 날이 있다. 바다멍하기 좋은 날.

✦

4월 20일

쉬면서도 할 일을 걱정하거나, 일하면서도 다른 생각에 빠져 있거나, 대화에 집중하지 않고 허투루 시간을 흘려보내다 문득 깨닫는다. 내가 걱정할 건 미래가 아니라 지금 이 순간을 온전히 살지 못하는 나 자신이라는 걸. 커피를 마시거나, 쉬거나, 일하거나, 심지어 잠을 자더라도 그 순간을 온전히 즐긴다면 나의 하루는 온전하고 꽉 찬 하루가 될 텐데.

4월 21일

결혼은 순간순간 내가 얼마나 별로인가를 직면하게 하는 거울이다. 내가 얼마나 사랑하는 이의 단점(내 기준)을 참아 주지 못하는지, 타인을 이해하지 못하는지, 이해하려고 노력조차 안 하는지, 나와는 다른 부분을 못 견뎌하는지, 상대가 내 맘에 들기만을 강요하는지, 내 방식을 고집하는지, 내 변명만 하는지, 가장 가까이 있는 바로 그 사람에게 얼마나 상처를 주는지…. 많은 사람들 앞에서 '이해하고 용서하며 끝까지 사랑하겠다'고 굳은 다짐을 해놓고도 말이다.

☽

4월 22일

간섭하지 않는 것도 일종의 따뜻한 배려다. 상대는 누군가 마음을 써주는 게 싫을 수도, 부담스러울 수도 있으니까. 상대가 원할 때만 손을 내밀어주는 게 현명하다. 그게 잘 돕는 길이다. 적당한 거리를 유지하고 무심히 있는 게 사랑일 때도 있다.

4월 23일

꿈의 씨앗이 자라
나무가 되려면
아무 일도
일어나지 않는데
어둠의 시간을
견뎌야 하고

나의 세계를 깨고
나와야 한다.
썩자
나를 버리자

4월 24일

해녀 할망을 만나 이야기를 나눈 적이 있다. 삶과 죽음의 경계를 오가며 물질을 하는 해녀에게 가장 중요한 철칙은 보고도 욕심내지 않는 마음이라 했다.

"내 숨의 한계를 아는 게 중요해. 눈이 욕심이야. 욕심을 못 다스리면 죽어. 눈 딱 감고 올라와야 해."

자신의 숨 길이를 아는 것. 그건 다른 해녀와 비교해서는 안 된다는 뜻이었다. 노력으로 한계를 억지로 극복하려고 하지 말고, 있는 그대로의 자신을 받아들이고, 그것에 완벽하게 만족하라는 말이었다.

나의 숨 길이를 아는 것, 나를 인정하고 사랑하는 길이다.

·●·

4월 25일

'때마침'이라는 말처럼 사랑스러운 단어가 있을까. '때마침'의 앞에는 불행의 씨앗이 있지만 뒤에는 기적이 연결되어 있다. 때마침 그곳을 지나던 시민에 의해 구조되거나, 때마침 도움을 받아 사업을 포기하지 않게 되고, 때마침 그곳을 지나다 캐스팅되어 배우가 된다.
나의 삶에도 '때마침'이 많으면 좋겠다.

4월 26일

집에서는 채소든 과일이든 주로 유기농 제품을 먹는다. 하지만 외부에서 식사할 때나 사람들을 만날 때는 가리지 않고 잘 먹는다. 다른 사람을 불편하게 하지 않는 것, 다른 사람이 신경 쓰게 하지 않는 것, 유난 떨지 않는 것, 나는 그것이 유연함이라고 본다.

4월 27일

겨울에도 제주는 초록 나무들이 많지만 확실히 봄에 더 푸르러진다. 겨울의 제주가 짙은 녹색이라면 4월 말의 제주는 연두빛으로 빛난다.
세상이 궁금해 고개를 내민 수많은 새잎들. 여리여리하지만 누구보다 강한 힘을 가진 생명을 목격하는 일이 좋다. 이맘때 특히 더 숲 터널을 달리고 싶은 이유다.

4월 28일

예능 프로그램 〈삼시세끼〉 시리즈를 즐겨보는 사람은 알겠지만 이 프로그램은 밥 준비하고 먹고 치우다 끝난다. 다 먹고살자고 하는 일이라지만 주인공들의 일과를 보고 있으면 하루가 얼마나 무심히 가버리는지를 느끼게 된다.
"하루에 두 끼를 먹기로 선택한 건 정말 잘한 일이야."
이제는 루틴이 된 나의 1일 2식의 삶. 간헐적 단식을 하게 되어 건강에도 좋으니 일석이조다.

☾

4월 29일

제주에는 '고사리 장마'가 있다. 비가 온 다음 날 고사리가 쑥쑥 자라기 때문에 붙은 이름이다. 제주의 4~5월 한라산 중산간 도로에는 길가에 대놓은 차들이 많은데 모두 고사리를 꺾는(제주에서는 꺾는다고 한다) 사람들이 타고 온 차다.
"굵고 실한 고사리가 있는 곳은 친구한테도 절대 안 가르쳐준다면서요? 너무 매정해요."
함께 운동하는 아주머니에게 묻자 쿨하게 답하신다.
"안 가르쳐주는 게 아니라 못 가르쳐주는 거지. 주소도 없고 위치를 설명할 수가 없어!"
아, 오해할 뻔했다. 역시 양쪽 말은 다 들어봐야 한다.

✶

4월 30일

라우라 에스키벨(Laura Esquivel)은 《달콤 쌉싸름한 초콜릿》에서 우리는 모두 몸 안에 성냥갑 하나씩은 가지고 태어난다고 했다. 좌절될 때, 힘들 때, 인생이 덧없다고 느낄 때 우울에 잠겨 성냥갑을 축축하게 만들 게 아니라 성냥 하나 꺼내 들고 불을 붙이면 된다. 작고 따스한 불꽃이 마음에서 살아나도록.

MAY

5월

5월 1일

근로자의 날이 반가운 건 대표인 나도 쉴 수 있기 때문이다. 눈치 하나도 안 보고. 이것이 바로 1인 기업을 하면 좋은 점이다.

·☽

5월 2일

“꿈의 직업을 얻은 사람들이 처음부터 완벽한 마스터플랜을 가지고 출발한 것은 아니다. 많은 사람들이 어느 정도의 구체적인 목표를 세운 다음에 ‘달리면서 생각하니 문제가 단순화되고 해결책들이 길처럼 열렸다’고 말한다.”

— **양병무, 《좋아하는 일 하면서 먹고살기》**(비전과리더십)

완벽히 갖추지 못했더라도 일단 시작해볼까? 이 말에 다시 용기를 얻는다.

☽

5월 3일

윤종신의 노래를 좋아한다. 특히 토이의 〈그럴 때마다〉에 나오는 그의 목소리를 애정한다. 유희열, 김연우, 조규찬을 비롯한 일곱 명의 보컬이 객원으로 참여해 부른 노래인데 유독 윤종신의 목소리가 가장 명징하게 내 마음을 울린다. 보컬의 신 김연우의 명품 목소리가 그 뒤를 바짝 따라오는데도 전혀 개의치 않는 당당함이 느껴진달까. 어쩌면 그건, 내공에서 우러난 자신감일지도 모르겠다. 나는 그래서 그의 목소리가 좋다. 들판에 당당히 핀 야생화 같아서.
우리가 늘 '최고'에만 감동받는 건 아니다. 감동은 자기만의 '무엇'이 있을 때, 그 열정과 색깔이 자신 있게 드러날 때도 찾아온다.

5월 4일

"당신을 위로하려고 애쓰는 사람이 때로 당신에게 도움을 주는 그 단순하고 평온한 말 속에서 아무 고통도 없이 편하게 살고 있다고 생각하지는 마십시오. 그 사람의 삶에 고난이 없었다면 그런 위로의 말들을 찾아내지도 못했을 겁니다."

— **라이나 마리아 릴케**(Rainer Maria Rilke), **《젊은 시인에게 보내는 편지》**

누군가 나를 위로하려 하지만 꽤 쓸데없다고 느껴 밀어내고 싶을 때 기억해야 하는 말이다.

5월 5일

나는 세상 모든 것이 궁금해 가능한 다양한 걸 경험해보려는 편인데 관심 주기가 짧다. 그러다 보니 내 주위엔 '하다 만 것들'이 늘어져 있다. 그런데 작년부터 시작한 운동은 2년 넘게 꾸준히 하고 있다. 꽤 뜻밖이다.
운동을 하면서 정한 원칙이 있다. 오래 하기 위해 무리하지 않기. 일주일에 5일을 하라고 하면 3일만 하기. 한 시간 운동한다면 50분만 하고 멈추기. 다리를 쭉 펴고 상체를 숙여야 할 땐 무릎을 조금 구부려 무리하게 자극 주지 않기. 안 되는 자세에 도전하지 않기. 나는 올림픽에 나가고 싶은 게 아니라 그저 건강하게 몸을 가꾸려는 거니까.
목표를 계산하지 않고 잘 되든 안 되든 그냥 하는 거다. 무리하면 오래 할 수 없다.

5월 6일

소설가 앤 라모트(Anne Lamott)의 말을 좋아한다.

"등대는 곤경에 빠진 배를 찾기 위해 섬 전체를 돌아다니지 않는다. 그저 한 곳에 서서 빛을 비출 뿐이다."

내가 쓰는 글들이, 나의 이야기들이 누군가에게 작은 빛이 되길 바라본다. 내가 다른 사람들에게 도움을 받은 것처럼.

5월 7일

언젠가 5월의 귤밭에서
꼭 캠핑을 해봐야겠다고 생각했다.

5월 8일

인생은 짧다. 타인에게 친절하자.

그리고 나에게도.

☾

5월 9일

물건을 최소화하는 습관을 들이다 보니 생필품을 제외하고 뭔가를 사는 일이 거의 없다. 굳이 사야 하는 게 생기면 10년 이상 쓸 수 있는지 여부를 살핀다. 쓰다 버릴 것 같은 물건은 일단 보류한다. 꼭 사야 한다면 비싸더라도 좋은 품질을 골라 사려고 한다. 나와 세월을 함께 겪은 것들을 주위에 많이 두고 싶다.

✶

5월 10일

걷는 속도가 빠른 사람이 있고, 느리게 걷는 사람도 있다.
감정도 그렇다. 감정 전달이 빠른 사람이 있고, 자기 감정조차도 느리게 인식하는 사람도 있다.
모두가 비슷한 속도로, 비슷한 온도로 산다고 착각하던 시절, 나는 얼마나 많은 사람들에게 상처를 주었을까.

5월 11일

아이에게 손에 든 과자 하나를 나눠달라고 했다. 불안한 눈빛, 주저하며 과자를 더 꼬옥 손에 쥐는 아이. 그러다 겨우 결심한 듯 손을 내민다. 나눠주지 않으려던 마음을 이겨내고 기어코 내밀어준 손을, 본다. 욕심을 눌러낸 작고 다정한 손을.

5월 12일

마음을 바꾸기가 힘이 들 때, 눈 딱 감고 행동을 바꿔본다.
이를테면 용서 같은 것.

5월 13일

눈에 보이는 것들 때문에 의기소침하지 말 것. 눈에 보이지 않는 것들을 믿을 것. 희망, 사랑 같은. 그리고 일어설 것. 걸을 것.

5월 14일

기대하지 않으면 실망이 싹틀 리 없다. 기대는 관심이다. 내 마음 공간에 타인이나 외부의 것을 들여놓는 행위다. 마음 분량은 한정되어 있어 뭔가를 들여놓으려면 내 일부를 덜어내야 한다. 대부분 부정적인 생각들이 도려내진다. '그게 되겠어?', '안 되면 어떡하지', '두려워' 같은. 그리고 기대와 함께 설렘과 기쁨, 몸을 움직이는 동기가 자리 잡는다.

기대한다는 건 내가 밖을 향해 서 있다는 것이다. 세상을 등지고 그림자 뒤에 숨어 무력하게 있는 게 아니라, 용감하게든 소심하게든 세상을 품을 기세로 마주한다는 것이다.

그러니 마음껏 기대하자. 비록 실망으로 끝날지 몰라도 설렘의 순간들이 모여 나는 행복할 테니까. 아무것도 기대하지 않는 사람은 아무것도 실망하지 않으니 다행이라는, 〈빨간머리 앤〉의 심드렁한 린드 아주머니처럼 되지 않기 위해.

5월 15일

어른의 지혜가 필요할 땐 어른이 쓴 책을 읽는다. 선배 작가들의 책을 읽다보면 어떻게 나이 들어야 하는지 가늠할 수 있다. 박완서, 일본 작가 소노 아야코(曽野綾子), 사노 요코(佐野洋子)… 이 길을 먼저 걸어간 사람들이 있다는 것만으로도 위로가 된다.

5월 16일

기분이 태도가 되지 않게 하라는 말을 좋아한다. 이 문장에 한 가지를 덧붙여본다. 기분이 꿈에 대한 의지를 포기하지 않게 하라. 감정이 의지를 휘두르지 않게 하자.

5월 17일

제주에 놀러 온 조카가 집 앞 나무 아래 풀 뭉텅이에서 네잎클로버를 네 개나 찾아냈다. 책갈피에 고이 저장해놓은 행운. 그때부터 집 앞 나무를 지나갈 때면 잠시 걸음을 멈추고 네잎클로버를 찾는다.
일상이 이렇게 행운이 된다. 조카에게서 배운다.

☾

5월 18일

작년에 팝콘처럼 예쁘게 피어나는 아미초를 정원에 심어 놓았는데, 씨가 여기저기 날렸는지 주차장 콘크리트 사이에도 뿌리를 내렸다.

"어머, 아미초가 여기서 자라나네."

차를 주차하다 풀이 꺾일 것 같아 고민하고 나간 다음 날. 작업실에 가려고 차를 빼는데 네모난 성벽처럼 쌓인 벽돌 안에 수줍게 서 있는 아미초가 보였다. 내 말을 귀담아들은 남편의 응급처치다. 한마디 말도 허투루 듣지 않는 게 사랑이다.

☾

5월 19일

2인분의 식재료를 꺼내 요리를 준비한다. 오징어볶음, 계란말이, 김치찌개도 남편과 내가 한 끼 먹을 양만 요리한다. 갓 볶고 끓이고 익혀낸 요리만 식탁에 올린다(물론 반찬은 빼고). 냉장고에 들어갔다 나오는 음식을 선호하지 않아서다. 갓 요리한 따뜻한 한 끼를 준비하는 건 내게 경건한 의식과도 같다. 나에게 온전한 정성을 들이고 나를 잘 돌보고 있다는 표현이기도 하니까. 어쩌면 고단한 하루를 보낼지도 모를 나에게 주는 선물이기도 하고.

✦

5월 20일

어른이 되면 많은 것에 초연하고, 감정의 진폭이 줄어들고, 성격도 둥글둥글해진다고 믿었다. 하지만 어른이 된 지금, 나는 여전히 실수하고, 감정도 오락가락하며, 위기 때에 모난 성격이 드러난다.

나는 실패한 어른인가? 아니다. 과거의 나와는 다른 조금 넉넉해진 모습이 분명히 있다. 내가 이상적으로 그리던 어른의 모습이 완전히 갖춰지지 않았지만 말이다.

그래서 좀 더 나에게 이로운 방식으로 '어른'을 재정의해보기로 했다. 어른이 된다는 건 어떤 기준에 맞게 완성되는 게 아니다. 그저 나라는 인간의 분량을 깨닫고(주제 파악), 그에 맞게 조정할 수 있는 것(내려놓음), 즉 나에 대한 이해가 깊어지는 것이다. 내 한계를 분명히 파악해 피하거나 돌아가거나 혹은 맞서기로 결정하는 일이 조금 쉬워진다. 아이러니하게도 한계에 직면할수록 행복해진다. 코르셋처럼 꽉 조이던 기준을 조금씩 풀고 나를 있는 그대로 포용하기 때문에.

5월 21일

늘 다정한 미소로 내 고민을 들어주는 선배의 말

행복은 기억해야 하는 것과 잊어야 하는 것을
잘 구별하는 것에서 온다.

·☽

5월 22일

택시를 탔는데 운전기사가 퉁명스럽게 반응한다. 이럴 때 나에게는 신경 쓰지 않을 옵션과 덩달아 기분 나빠질 옵션이 있다. 우리에게 일어나는 모든 사건은 대부분 중립적이다. 긍정적 혹은 부정적으로 인식되는 건 나의 감정이 이입돼서다. 그걸 어떻게 받아들이냐는 오롯이 나의 일이다.
감정까지 중립적이면 좋겠지만 그렇게 안 될 경우 감정이 일지 않게 하는 게 중요하다. 나는 나와 상관없는 사람이 흘리고 간 감정에 휘둘리고 싶지 않으니까.

5월 23일

'맙소사'와 '아뿔싸'라는 단어를 좋아한다. 사람들이 잘 쓰지 않지만 명확하게 의미를 알고 있는, 사전에만 있는 고어(나 같은 어른이 쓰는) 같은 느낌. '대박'이나 '헐'로 대체할 수 있지만 한 음절 한 음절 꾹꾹 눌러 발음할 때 그 쾌감이 좋다.

5월 24일

딱히 하고 싶지 않은 일이었는데 관계 때문에 얼결에 맡았다가 2년을 질질 끌고 온 프로젝트가 있다. 수많은 시간 동안 아무리 곱씹어도 결론은 '해도 그만 안 해도 그만'인 프로젝트였다. 그럼에도 거절하지 못하고 이렇게 고민하는 내가 한심해 보였다. 그러다가 읽은 한 문장.

'정말 하고 싶지 않은 일이 있다면 지금 당장 그만두세요!'

평범한 말인데 꼭 내게 하는 말 같았다. 프로젝트를 그만두겠다는 메일을 보내고 나니 어깨에 놓였던 커다란 짐 하나가 덜어졌다. 인연에 끌려다니다가 결국 시간만 낭비한다는 교훈을 얻었다. 해도 그만 안 해도 그만인 일은 하지 말 것!

5월 25일

삶에서 가장 확실한 것은 '삶은 불확실하다'는 것이다. 불확실하기 때문에 불편할 수는 있지만 반대로 더 기대하는 마음을 갖고 살 수 있다.
인생이 확실함으로 가득하다면 고통스럽지 않을까. 모든 사람이 자기의 끝을 알고 살아야 한다면 말이다. 끝을 아는 이야기와 끝을 모르는 이야기 중 하나를 고르라면 후자 쪽이다.

5월 26일

나무를 보지 말고 숲을 보라는 말이 있다. 하지만 가끔은 숲에 들어가 나무를 봐야 할 때도 있다. 하나하나 다른 고유한 이름을 지닌 나무들. 형태, 냄새, 색깔, 크기, 잎 모양… 그 어느 하나 똑같은 나무는 없다. 심지어 같은 종류의 나무여도 수형과 크기, 매무새가 다 다르다.

우주에서 보면 지구에 존재하는 80억 명의 사람이지만 그 안을 들여다보면 누구 하나 같은 삶은 없다. 타인의 생각이 내 생각과 같을 수 없다. 경험도, 감정도, 과거도 다르다. 어쩌면 다 다르기에 좋은 것이다.

5월 27일

이호테우 바닷가에 자리를 펴고 앉았다. 지는 해를 보기 위해 떠나 온 짧은 여행. 발가락 사이로 들어온 모래가 깔짝거린다. 소금기를 머금은 바람은 금세 내 머리를 차분히 눌러 놓는다. '떡진 머리'는 끈적이는 상태를 싫어하는 나에게 쥐약이지만.
괜찮다. 원래 완벽한 즐거움이란 없다. 즐거움이 있는 곳에는 약간의 불편함이 있기 마련이다. 그런 게 순리다.

5월 28일

5월 29일

마음이 어렵고 추우면 삶이 긴장한다. 몸도 마음도 춥지 않게, 삶이 긴장하지 않게 잘 돌봐주고 싶다. 나에게 다정해지고 싶다.

✶

5월 30일

필요하지 않은 것들을 하나씩 정리하고 있다. 온 집안이 휑하도록 말끔히 물건을 없애 치우기 보다는 필요한 것만 딱 지니고 사는 삶. 내가 생각하는 미니멀리즘이다.

5월 31일

아직도 온수매트를 정리하지 못했다. 게을러서가 아니다.
따뜻하게 자는 걸 포기할 수 없어서다.

JUNE

6월

*)

6월 1일

가끔 작업실로 들어오는 지네 같은 벌레들 때문에 고민이었다. 밭과 과수원이 주위에 있으니 당연히 벌레친화적 환경이다. 문제는 내가 너무 무서워한다는 것. 그 부분이 큰 스트레스가 되자, 그냥 원인을 없애기로 했다. 벌레를 죽이는 대신 내가 떠나기로.

작업실을 정리하기로 하고 당근에 물건을 하나씩 내놓았다. 비싼 물건들은 되도록 제값을 받고, 돈 받고 팔기 뭣한 것들은 나눔을 하기로 했다.

상판에 스크래치가 난 스툴 하나를 나눔으로 올렸는데 아저씨 한 분이 재규어를 타고 왔다. 다 삭아서 곧 부러질 듯한 의자를 가지러 온 아주머니는 벤츠를 타고 왔다. 몇 년 전 화장실용 청소 솔을 나눔할 때 지프를 타고 30분 거리를 운전해 온 남자도 기억났다.

"우리에게 벤츠가 없는 이유는 이거였어."

남편과 나는 조용히 고개를 끄덕이며 웃었다.

·)

6월 2일

'물건을 버리면 시간이 많아진다.'
이 말에 공감한다. 살지 말지, 사겠다면 어떤 제품을 살지 고민하는 데 쓰는 시간과 물건을 사고, 정리하고, 찾고, 사용하는 데 쓰는 시간이 오롯이 남기 때문이다. 미니멀리즘이 좋은 이유다.

☽

6월 3일

세상이 나를 위해 돌아간다, 고 말하는 걸 좋아한다(물론 그렇지 않다는 걸 안다). 마트에 가면 주차할 자리가 딱 보이고, 운전할 때면 교차로를 지나는 족족 그린라이트로 바뀐다. '역시, 신호발이 좋아!' 우리가 도착하기 직전까지 가득 찼던 맛집에, 타이밍이 기가 막히게 앉을 자리가 딱 하나 나오고, 오늘 내 기분을 달래주러 새파란 하늘이 펼쳐졌네, 하는 식의 이야기를 한다.
그런 경우는 사실 열에 두세 번 정도지만 이렇게 말하면 정말 세상이 나를 위해 움직이고 있다는 생각이 든다. 귀하게 대접받고 있는 느낌이 들어 여유가 생긴다고나 할까. 삶을 대하는 태도가 밝아지고 편해진다.

6월 4일

기억력이 상당히 나빠졌음을 느낀다. 두세 달 전에 나눴던 이야기를 다시 들었는데 기억이 나지 않는다. 전에는 이렇게 할머니가 되는 걸까, 싶은 생각에 슬펐는데 곱씹어보면 기억력이 나쁘다는 건 축복이다. 좋은 일이든, 나쁜 일이든, 내 마음을 훑고 지나간 모든 말들이 저장되어 있다면 삶이 너무 무거울 테니까.

6월 5일

"생각을 바꾸면 인생도 바꿀 수 있다."

내게 꽤 의미 있는 문장이다. 어학연수가 드물었던 시절, 휴학하고 미국에 가겠다는 내게 모두가 말했다. 여자가 대학을 휴학한 이력이 있으면 취업할 때 불리하다고. 그럴테면 그러라지. 그 말을 듣고 나는 더 용기를 냈다. 남들이 말리면 더 하고 싶은 게 나란 사람이다.

나는 내 방식대로 다른 길을 갔다. 평생 가장 잘한 일 하나를 꼽자면(결혼 빼고) 그때 휴학하고 어학연수를 떠난 일이다. 영어를 배우자 세계가 내 바운더리 안에 들어왔다. 언어를 하나 익히고 나니 다른 언어 공부도 쉬워졌다. 언어가 확장되자 나의 세상도 확장되었다. 국내 최고 기업에 취직된 건 말할 것도 없고. 물론 하루 만에 박차고 나왔지만.

6월 6일

집사는 냥이가 집을 엉망으로 만들어도 참는다. 호기로운 비글이 두루마리 휴지를 모두 물어뜯어도 주인은 댕댕이를 버리지 않는다.
인내는 사랑이다. 상대의 행동이 마음에 들지 않더라도 견디는 힘, 기다려주는 힘, 그것이 사랑이다. 상대를 소중히 생각하면 절대 버리지 못한다. 사랑은 인내다.

6월 7일

단언컨대, 세상은 내 맘대로 되지 않는다. 상황이나 환경은 그저 손댈 수 없는 상태로 우리에게 주어지는 경우가 대부분이다. 하지만 딱 하나, 내 맘대로 할 수 있는 게 있다. 바로 상황을 대하는 나의 태도다. 오롯이 내 몫이다. 여기에 완벽한 자유가 주어진다. 아우슈비츠 수용소에 3년간 갇혀 지낸 정신과 의사 빅터 프랭클(Viktor Frankl)이 말했던 인간에게 주어진 마지막 자유, 즉 '주어진 상황에서 자신의 태도를 결정할 수 있는 자유'인 셈이다. 환경은 바꿀 수 없지만 주어진 상황을 대하는 내 태도를 선택할 자유가 나에게 있다.

삶은 쉽지 않고 해결해야 할 고민은 무게를 덧입고 어깨 위로 켜켜이 쌓인다. 불평하며 주저앉을지, 용기를 가지고 풀어갈지, 내가 할 수 있는 일들을 시도해볼지, 미소 지으며 견딜지…. 완전한 자유 속에서 선택할 수 있다.

행복은 환경이 선물해주지 않는다. 행복은, 그렇게 하기로 선택하는 사람의 것이다.

☾

6월 8일

사소한 것들을 무시하는 경향이 있다. 별것 아니라고, 중요하지 않다고, 가볍게 소홀히 하게 되는 그런 마음. 하지만 사소한 순간이 쌓이면 마음도 움직일 만큼 큰 힘이 된다. 커피 한 잔 내미는 손, 따뜻한 문자 하나, 찰나의 싱그러운 미소. 그런 사소함이 쌓이면 닫힌 마음도 열린다. 사소함은 기적을 부른다.

6월 9일

생각이 많아질 때, 결론 없는 생각이 머리에 가득 차 있을 때는 일기장에 모든 것을 다 쏟아낸다. 그리고 모서리를 접어 닫아둔다. 다음은 잊어버리기.
일주일만 지나도 생각의 무게는 가벼워져 내가 대체 왜 그렇게 심각하게 생각했을까, 하게 된다. 생각이란 건 다 그렇다. 내가 얼마나 무게를 싣느냐에 따라서 중량이 너울댄다.

✶

6월 10일

아…
또 고장났어
외장하드 데이터
복구 전문업체

시간은 되돌릴 수 없지만
데이터는 되돌릴 수 있습니다
비극이
희극이 된 순간!

6월 11일

신발장을 정리하다 공적마스크를 발견했다. 사재기가 기승을 부려 모두가 줄 서서 마스크를 사야 했던 그 시절. 지금 읽으니 웃음만 나오는 '나는 어느 요일에 사나요?'라는 문장. 죽음의 공포 앞에서 모두가 숨을 죽였던 시간도, 돌아보니 다소 부산했던 여러 날 중 하나로 남았다.

'그땐 그랬지.'

지나고 나면 다 에피소드가 된다.

·☽

6월 12일

나에게 가장 좋은 친구는 바로 나다. 무시하지 않고 존중하며, 마음을 열어 이야기를 들어주고, 손잡아주고 기댈 어깨를 내어주고, 또 최대한 예의를 갖춰 대한다. 사랑하는 사람에게 모든 것을 해주고 싶듯이 내가 모든 것을 할 수 있도록 나를 응원한다. 누구도 나를 응원해주지 않아도 나는 나를 응원할 것이다.

·☽

6월 13일

오스카 와일드(Oscar Wilde)의 말 중 가장 좋아하는 말.
"당신 자신이 되어라. 다른 사람은 모두 이미 누군가가 차지했다."

6월 14일

"나도 수술실 들어갈 때 너무 무서웠어."
멘탈이 꽤 강한 친구의 한마디에 마음이 녹는다. 누군가 나에게 공명해줄 때, 내가 혼자가 아니라는 걸 느낀다. 나와 똑같은 감정을 겪고 있는 사람을 만날 때 위로가 된다.
"한 사람이 다른 사람에게 '뭐? 너도? 나만 그런 줄 알았어'라고 말하는 순간 우정이 싹튼다"라고 C. S. 루이스(C.S. Lewis) 작가가 말했던 것처럼.

6월 15일

열정은 어쩌면 모닥불이 아니라 숯이 아닐까? 뜨거움이 아니라 꾸준함. 이럴 줄 알고 열정을 불태우진 않았지.

6월 16일

'관대함'이라는 단어를 들으면 떠오르는 게 있다. 현대 미술가 제임스 리 바이어스(James Lee Byars)가 만든 '너그러움의 구'라는 작품이다. 찰흙으로 동그랗게 빚은 원형의 구인데 소똥구리가 굴리는 똥처럼 거칠고 울퉁불퉁하고 투박하다. 예민하게 굴던 시절, '그냥 둥글둥글하게 살아'라는 말을 들으면 늘 완벽한 동그라미가 될 수 없을 것 같아 그 또한 스트레스였다. 그런데 너그러운 둥글둥글함이라니! 이런 정도의 불완전한 동그라미라면 해볼 만할 것 같다. 완벽한 동그라미가 아니어도 '구'는 그 자체로 구가 된다는 사실은 큰 위로가 된다.

6월 17일

나의 마음은 서른 어디쯤에 머물고 있다. 89년생 친한 동생과 4~5년을 붙어다녀서일지도 모른다. 실제 지나온 시간은 그보다 많아 철없고 미숙하지는 않지만 그렇다고 인생을 잘 아는 것도 아닌 중간 어느 지점에 서 있다. 인디언들처럼 몸이 먼저 떠난 여행에 마음이 따라와주길 기다리면서. 아니, 어쩌면 마음은 더더욱 천천히 따라오길 기대하면서.

☾

6월 18일

수국이 마을 길 곳곳에서 불꽃놀이하듯 꽃망울을 터뜨린다. 한 가지 색으로만 뒤덮인 수국길보다는 블루, 핑크, 퍼플, 화이트 색이 채도별로 중구난방 모여 있는 게 훨씬 더 예쁘다. 인생이 오합지졸 같아 보이더라도 실망하면 안 될 이유다.

6월 19일

소주
너무 어려 보이셔서 신분증 검사해야겠는데요
나는 태생이 다큐라 거짓말은 질색이지만
가끔 예능처럼 느슨해져도 괜찮다고 생각했다.
오메!!!
<어쩌다 사장2> 알바생 김우빈

✦

6월 20일

올케가 코스트코에서 사다 준 치즈를 아껴 먹고 있다. 제주에서 사려면 가격이 두 배나 되어 부담스럽다.

치즈를 좋아하지 않는다던 남편은 식탁에 치즈를 올려놓자마자 뚝 떼어 오물오물 먹는다. 그런데도 "치즈 좋아해?"라고 물으면 고개를 젓는다.

지난 몇 년 동안 내가 먹은 치즈보다 남편이 먹은 치즈가 더 많다. 그 많던 치즈는 누가 다 먹었을까?

6월 21일

글이란 참 신묘막측하다. 누구나 글을 쓸 수 있지만 누구나 글을 쓰지는 못하기 때문이다. 끄적끄적 문장을 만들어낼 자질은 어느 정도 갖추고 있지만 타인(본인을 포함)의 마음에 공감하는 글을 쓰는 일은 쉽지 않다.
생각을 말로 털어놓기는 쉬운데 글로 정리하려면 머리부터 지끈거린다. 그래서 작가는 대단한 부류의 사람들이다. 고로 나는 스스로에게 대단하다고 말해주고 싶다.

·)

6월 22일

인간의 성숙이란 어쩌면 나의 양면성을 동시에 인정하는 행위일지도 모른다. 계획적이지만 비계획적인, 느리지만 신속한, 완전히 불완전한 나라는 사람.
일본 작가 이나가키 에미코(稲垣えみ子)가 피아노를 연습하면서 "자신의 하찮음과 위대함을 동시에 인정하는 용감한 태도"가 자신만의 연주라고 했듯이.

6월 23일

길은 한 길
단순하고 똑바른 길이 좋다.
무언가를 욕심내면 욕심낸 쪽으로 휘어진다.

길은 한 길
똑바른 길이 좋다.

— 도겐, 《정법안장》

6월 24일

알랭 드 보통(Alain de Botton)이 말했다. 진짜 성공은 '평화로운 상태'에 놓여 있는 것이라고. 내가 생각하는 평화로운 상태는 맛있는 라테 한 잔 마실 때, 숲길을 드라이브할 때, 멍하니 하늘을 바라보는 찰나의 순간, 매일 깨끗한 잠옷을 입고 잠자리에 들 때다.
매일매일 평화를 느낄 수 있는 난, 성공한 사람이다.

6월 25일

두려운 생각이 들 때면 심장내과 의사가 한 말을 떠올린다.
"괜찮아요, 안 죽어요."
생이 얼마나 강인한지 잘 알고 있지만 가끔씩 말해줘야 한다. 알고 있지만 자주 속삭여야 하는 '사랑해'처럼.

6월 26일

큰 신발을 신고 걷는 것처럼 삶이 힘겨울 때가 있다. 그때마다 생각한다. 어쩌면 삶이라는 레이스의 시작점에서 모두에게 주어진 건 자기보다 큰 신발일지도 모른다고. 그러니 뛰지 말고 걸어야 한다고, 때로는 그 큰 신발을 벗고 걸어도 된다고.

힘들 땐 잠시 멈추고 앉아 쉬면서 발이 자라기를 기다려도 된다. 신발에 맞을 때까지 발이 자라면 비로소 편안해지는 때가 오니까.

6월 27일

나는 모든 처음이 설렌다. 어떤 사람들은 첫 시도를 두려워한다는데 나는 반대다. 엄마 말에 의하면 어릴 적 나는 거침이 없었단다.
'첫'을 대하는 나의 프로세스는 대략 이런 식이다.
'어머, 새롭다! 재밌겠는 걸? 일단 해보자!'
안전이 보장되지 않는 쿠바를 혼자 여행한 것도, 회사를 그만두고 외국으로 홀연히 떠난 것도, 직장인에서 자영업자로 탈바꿈한 것도 새로운 시작을 두려워하지 않는 거침없는 나의 성향 때문이다.
이렇게 변화무쌍한 내가 좋다. 바꿔 말하면 진득하게 한 가지에 집중하지 못한다는 뜻이기도 하지만.

6월 28일

☾

6월 29일

유기농 과자와 인체에 무해한 장난감. 좋은 것을 보고 먹이려는 부모님의 사랑 속에 아이는 푸르게 자란다. 스스로 모든 것을 선택하고 살 수 있는 어른이 된 지금의 나에게도 좋은 것들이 필요하다. 예쁜 말만 담고, 행복한 이야기를 기억하며, 건강한 것들을 먹어야지.

나에게 주어진, 나를 잘 돌보는 책임을 온전히 다하자. 내 사랑 속에 나도 푸르게 자라도록.

✦

6월 30일

돌아보니 형태는 이리저리 변했지만 글을 쓰는 언저리에 늘 머물고 있었다. 기자로 살며 글을 썼고, 프리랜서 작가로 글을 창작했고, 그림과 글을 담은 인스타툰을 연재하고 책을 쓰고 있다.

패키지는 달랐지만 속의 내용물은 한결같았다. 글을 쓴다는 것, 글로 나를 드러낸다는 것. 무려 20여 년 동안이나. 그런 점에서 나는 꾸준한 사람이다.

JULY

7월

7월 1일

연예인이 되겠다는 친구를 따라갔다가 친구는 떨어지고 자기가 배우가 됐다는 사람은 많이 봤어도 수면무호흡증 검사하는 부인을 얼떨결에 따라갔다가 수면무호흡증 진단을 받은 남편이 있다는 얘기는 처음 들었다. 그게 내 남편이라니. 그래도 심각하지 않아서 다행이다.

·☽

7월 2일

작업실에 있던 물건들을 중고 거래로 내놓다 보니 여러 인간 군상들을 접하게 된다. 물건을 실은 뒤 막무가내로 깎아달라는 사람, 20만 원에 내놓은 물건을 5만 원에 달라는 사람, 이걸 샀으니 저걸 공짜로 달라는 사람, 2주 뒤 가지고 가겠다고 해놓고 잠적하는 사람…. 사람 상대하느라 무척이나 진이 빠진 가운데 어떤 젊은 부부가 물건을 실어가며 말했다.

"그동안 고생하셨습니다."

작업실이든, 상점이든, 회사든, 관계든 문을 닫는 순간 아픈 손가락이 하나 생긴다. 그래서 젊은 부부의 말이 위로가 됐다.

관계의 문을 닫거나 커리어의 문을 닫을 때, 복잡한 생각으로 뒤엉켜 있을 누군가에게 나도 그렇게 말하기로 다짐한다. 그동안 참 고생 많았다고.

7월 3일

유연하다는 건 힘을 뺀다는 말이다. 욕심을 내려놓고 두려움을 버린다는 말이다. 속도가 느리더라도 다급해하지 않기. 시간이 결국 모든 것을 보상해준다는 걸 믿기. 꼿꼿한 생각과 태도에 틈을 벌려 후~ 하고 바람을 한번 넣어보기. 하지만 정신력 하나만큼은 날카로운 상태를 유지하기.

결국 남의 인생이 아닌 나의 인생을 사는 것이니까.

7월 4일

각자에게 할당된 인생의 정점이 어디인지 알 수 있다면 좋겠다. 인생의 정점이 이미 지났다면 내 한계는 여기까지인가 보오, 하며 무리하거나 애쓰지 않아도 되고, 아직 정점에 오르지 않았다면 꿈꾸던 것들이 이뤄질 때까지 계속 버틸 힘이 생길 테니까.
그걸 알지 못하기 때문에 인생이 가끔 힘든데 이 중간에서 적당히 밸런스를 맞추며 사는 게 정답 아닐까.
어쩌면 이미 지났을 수도 있고 곧 찬란하게 다가올 수도 있는 나의 정점에게 건배!

7월 5일

작업실 인테리어로 사용하던 옛날 재봉틀을 당근에 내놨다. 한림읍에 사신다는 분에게 연락이 왔다.
'지금 갑니다.'
30분 후 도착한 오토바이 한 대. 백발의 신사는 반짝이는 헬멧을 쓰고 나타났다.
"이거 실어 가려고 차 대신 일부러 오토바이를 타고 왔어요. 재봉틀은 오토바이 뒤에 싣고 가는 게 어울릴 것 같아서요."
재봉틀 하나를 사가는 순간에도 자기만의 스타일링을 하는 사람이라니. 게다가 예순은 넘어 보이는 아저씨!? 오토바이 뒷좌석에 컬러풀한 끈으로 재봉틀을 잘 고정한 후 아주 흡족한 표정을 짓던 백발 신사. 부릉부릉 시동을 걸더니 말했다.
"인생 뭐 있나요. 순간순간 폼나게 사는 거죠."

7월 6일

맞아. 무지개를 보려면
비를 견뎌야 하지

함께 비를 견뎌낸 사람과 무지개를 볼 수 있다면
그것만큼 행복한 일도 없다.

7월 7일

'행복'이라는 단어를 생각하면 일본 배우인 아야세 하루카(綾瀬はるか)가 맥주를 마시는 장면이 떠오른다. 나의 최애 일본 드라마 〈호타루의 빛〉 주인공인 아야세는 매일 밤 맥주 한 캔씩을 '깐다'. 퇴근하고 들어오자마자 냉장고 문을 열고 맥주를 집어 드는 그녀의 환한 미소. '딸깍' 하는 소리와 오버랩되는 주인공의 시원하고 행복한 표정을 보는 것만으로도 덩달아 기분 좋아져 그녀의 퇴근 장면이 나오길 기다리기도 했다.
행복을 미래에 이뤄질 그 무엇이라고 생각하면 현재의 나는 만족하지 못하고 서성대며 시간이 흐르기만 기다린다. 하지만 지금 마시는 시원한 맥주 한 잔에 행복을 담으면 매일의 삶이 풍성해진다. 미래의 행복도 좋지만 나는 지금 행복해야겠다. 행복을 지금, 내 옆에 놓아둬야겠다.

☾

7월 8일

기자로 일하며 배우들을 많이 만났다. 배우가 되고 싶은 사람도 많이 만났다. 원하면 모두 배우가 될 수 있지만 자신이 원하는 배우(이를테면 유명한 배우)가 될 수 없는 사람도 있다. 그때 알았다. 간절히 원하면 이뤄진다는 말은 반은 맞고 반은 틀리다는 것을. 에둘러 말하면 "간절히 원하면 '비스무리'하게는 간다"라는 편이 훨씬 적확하다.

어쩌면 행복은 '비스무리'한 것만으로도 만족하고 사는 삶일 수 있다. 코카콜라를 얻을 수 없으면 펩시콜라나 사이다를 마시면서도 행복을 느낄 수 있어야 한다. 꼭 원하는 것을 손에 쥐어야만 성공이라고 규정하면 그걸 이뤄가는 걸음은 늘 무겁다. 한껏 부푼 욕심이 만족을 밀어내고 그 자리를 또 불행으로 채우기 때문에.

☾

7월 9일

'비스무리'한 삶에 대해 다시 생각해본다. 어떤 목표나 꿈이 있지만 완벽하게 원하는 지점에 도달하지 못했을 때. 10점 만점의 정확한 과녁에 들어가지 못하고 4점 정도의 언저리에 자기 삶이 박혀 있을 때. 그럼에도 자책하거나 자기를 미워하지 않는 사람이 가장 멋진 사람 아닐까. 그곳에 박혀서도 자신의 가치를 드러내며 반짝반짝 빛나는 사람이 성공한 인생이다.

굳이 내 인생이 마젠타 100퍼센트의 선명한 빨강이어야 할 이유는 없다. 불그스름한 것도, 새빨간 것도, 검붉은 것도 모두 빨강이니. 누군가가 나를 향해 "넌 참 따뜻한 색이구나"라고 말할 수 있는 정도라면 그것만으로도 충분한 가치가 있지 않을까.

✦

7월 10일

심리학자 웨인 다이어(Wayne Walter Dyer)는 《자유롭게》라는 책에서 '스스로 선택한 방식대로 살아가려면 반항적이어야 하지만 혁명적일 필요까지는 없다'고 말했다.
나는 이 말이 좋다. 이렇게 살아왔고 앞으로도 아마 이렇게 살 것 같으니까. 나를 표현하는 문장 같아서.

7월 11일

숨쉬기가 힘들어
아… 몸이 너무 뜨거워
이렇게 죽는 건가?
응급실 가야 하나

내가 민감한 사람이라 그래
괜찮아, 괜찮아
계속 괜찮다고 말해주었다.
조금은 마음이
가라앉는 것 같았다.

7월 12일

제주에는 여름 하늘이 있다. 해가 바다 저 너머로 넘어갈 때쯤 온 세상을 핑크빛으로 물들이는 하늘. 뭉게뭉게 피어 있는 구름 사이사이로 핫핑크, 피치핑크, 로즈핑크 햇살이 스며든다. 무심히 걷다가도 하늘이 핑크빛이 되면 문득 깨닫는다.

'아, 여름이 왔구나.'

색으로 계절을 알아챈 날.

☽

7월 13일

여성 작가들의 인터뷰를 엮어놓은 책에서 이런 이야기를 읽은 적이 있다. 결혼을 했다면 남편과 아내 둘 중 하나는 직장을 다니는 게 좋다고. 경제력이 안정되어야 작품 활동을 할 수 있다는 얘기다.

나도 알지. 하지만 현실은 다르다. 남편은 평생 연말정산을 해본 적 없는 비직장인이고, 나는 4년째 프리랜서로 살고 있다. 경제적으로 안정이 안 되어 마음이 절박해지니 글이 더 잘 써진다. 배우 윤여정의 말이 떠올랐다.

"예술은 잔인하다. 배우는 돈이 필요할 때 연기를 잘한다."

7월 14일

나는 미니멀리즘을 추구한다. 하지만 남편은 필요할 때 손에 잡히는 곳에 있어야 한다며 커터 칼을 열 개, 스무 개씩 사서 집안 곳곳에 배치해놓는다.
이렇게 서로 다른데 어떻게 한집에 같이 살 수 있는지 모르겠다. 이런 게 기적이다.

7월 15일

짐을 머리에 이고 사는 것 같은 부담감에 시작한 미니멀리즘. 과감하게 수납장을 버렸다. 갈 곳 없는 옷들도 자연스럽게 정리가 됐다. 눈에 걸리적거리는 것들이 사라지니 마음이 덜 피로하다. 마음이 덜 피로하니 여유가 생기고 풍요롭다. 물건을 버리거나 나누는 게 어렵지 않아졌는데, 딱 하나 발목을 잡는 게 있다. 비싸게 주고 산 좋은 물건은 아직도 선뜻 버리지 못하겠다. 15년간 손에 든 적도 없는 명품백, 10년 전 일본 오다이바 편집숍에서 사온 티어드 스커트…. 비싼 데다 추억까지 묻어 있어 아직도 언제 버리나 고민 중이다.

7월 16일

원래 체온이 낮은 편이라 일주일째 37.4도에 머무르는 내 체온은 나를 너무 힘겹게 만든다. 해열제를 먹어야 하나 말아야 하나 고민하다 병원에 전화했다.

"38도 넘으면 드세요."

간호사의 단호한 말. 깔끔하고 쿨하게 포기했다.

☾

7월 17일

어쩌면 사랑도 인간이 감당하기에 가장 안온하게 느껴지는 36.5도가 적당하다. 알면서도 자꾸만 뜨거운 사랑을 원하기에 몸이 힘겨워지는 게 아닐까. 마음이 숨 가빠지는 건 말할 것도 없고.

7월 18일

이 한마디면 모든 걸 보상받는 것 같아
마음이 살아난다.
그냥 따뜻한 말 한마디면 되는데.

7월 19일

나는 지금을 살고 있고, 지금 내 눈에 보이는 나를 잘 돌보는 일이야말로 가장 가까운 나의 미래에 투자하는 것이다.

✦

7월 20일

조금 과장해서, 옥상에만 올라가도 바다가 보인다. 그렇다, 여긴 제주니까.

"우린 바다에 언제 가? 다른 사람들은 바다 보려고 제주에 오는데."

뾰롱거리며 남편에게 한 마디 던졌다.

"이 더위에, 바다에? 이 극성수기에?"

남편은 놀란 눈으로 나를 보며 말했다. 맞다. 이 더위에 바다에 가면 소금에 절어 축 늘어진 미역 마냥 얼마나 힘든지 경험해서 알고 있다. 그래도 말이지, 제주에 살고 있는데.

7월 21일

성인에게는 우유가 좋지 않다는데, 나는 라테를 너무 사랑한다. 거의 평생 우유를 먹었다. 입에 머금을 때 느껴지는 고소함이란. 좋아하는 특정 브랜드의 우유가 있다. 에스프레소에 그 우유를 섞어 라테를 만들면 하루를 행복하게 시작할 수 있는 소울푸드가 된다.

유독 건강 관련한 이야기에 귀가 얇은 터라 우유에 가까운 맛을 내는 두유를 찾아봤다. 두유에도 장단점이 있단다. 그렇다면 두유는 패스! 이번에는 귀리우유를 들여다본다. 나의 몸 상태에 최적화된 우유 대용 음료는 귀리우유군. 일단 시험 삼아 작은 패키지를 주문했다.

·)

7월 22일

인생이란 과연 뭘까. 나는 왜 제주에 와서 이렇게 살고 있는 걸까. 질문을 하다 보면 답이 없는 것들이 한 짐이다. 아무리 생각해도 인생은 모르겠다.

하지만 오늘의 인생은 조금 안다. 에어컨 아래에서 글을 쓰다가 수박 한 입 베어 물고, 창문을 활짝 열고 환기시키는 것. 한 시간 동안 운동하며 하루 종일 애쓴 근육을 풀어준 뒤 시원한 물로 샤워하는 것. 남편과 침대에서 노닥거리다가 잠이 드는 것.

7월 23일

혈당수치가 높은 편이라 단 음식을 꽤 조심하고 있다. 그래도 이렇게 더운 날엔 내 영혼의 간식, 팥빙수로 더위를 달랜다. (물론 팥빙수를 먹은 날은 운동량을 늘린다.) 옛날엔 밀탑이나 동빙고처럼 잘게 간 우유 얼음에 팥만 넣은 것을 선호했지만 제주에 와서 조금 변했다.
제주 팥빙수의 대명사 '빠빠라기'는 빙수 위에 방울토마토, 배, 키위, 바나나 같은 과일을 이상하게 조합했다. 처음엔 비주얼과 맛에 경악하고 '이게 무슨 팥빙수냐, 혼란스럽다' 했는데 역시 인간은 길들여지는 법이다. 여름만 되면 생각난다. 그 기묘하고 괴상한 맛이. 내 입맛이 변한 건가.

7월 24일

·●·

7월 25일

나는 단호한 의사를 좋아한다. 물론 내 마음까지 들여다봐 주는 다정한 선생님도 좋지만 흑인지 백인지를 정확히 얘기해주며 내 생각이 사방으로 뻗지 못하도록 도와주는 의사가 맞는 편이다.

심장에 통증을 느껴 방문했을 때 의사 선생님은 각종 검사를 진행한 뒤 "그걸로 죽지 않아요"라고 단호하게 말했다. 코로나에 걸렸다 나은 이후에도 여전히 숨 쉬기가 갑갑해 폐렴이 의심되어 호흡기내과에 갔다. 이 증상 저 증상을 늘어놓는 나에게 "알레르기에요"라고 단호하게 짚어주셨다. 다리에 울퉁불퉁한 점이 생겨 흑색종을 의심하고 찾아간 피부과에서 의사는 "피부암 아니고요. 보기 싫으면 레이저로 지져드릴게요"라고 쿨하게 말했다. 단호한 선생님들 덕에 나는 수많은 걱정에서 해방되었다.

7월 26일

꾸준함이라는 단어를 생각할 때 늘 떠오르는 장면이 있다. 오래된 홍콩 영화였는지 기억은 가물가물한데, 무술을 배우러 간 제자에게 사부가 매일 창문 닦기만 시키는 장면이다. 오른손으로 원을 그리고, 왼손으로 원을 그리고, 양손으로 원을 그리며 창문을 닦다가 "나는 언제 무술을 배우냐"고 사부에게 투정하던 주인공. 어느 순간 무림 고수와 한 판 붙게 되었는데 유리 닦으며 익힌 손의 움직임으로 고수를 물리친다.

뭔가 의미 없는 일을 한다고 느낄 때, 나는 유리를 닦는 중이라고 생각한다.

'지금 하는 일이 반드시 어딘가에 쓰이는 사전 작업일 거야. 꾸준히 하다 보면 결국 이 경험이 나를 도울 거야.'

이렇게 생각하면 세상에 의미 없는 일은, 없다.

☾

7월 27일

습관을 바꾸기는 어렵다. 하지만 일단 바꾸면 꽤 몸에 익숙해진다. 새로운 습관이 익숙해지면 바꾸기 전의 습관으로 돌아가기 어렵다.
무려 8년간의 노력 끝에 나는 잠옷과 실내복, 외출복을 구별해 입는 인간이 되었다. 평생 집에서 실내복만 입고 살았는데 이제 집에서 밥 먹을 때 입던 옷을 입고 이불 속에 들어가지 않는다.
대단하다, 우리 남편. 내 습관을 바꿨다.

☾

7월 28일

나는 키가 작다. 한창 외모에 관심이 있을 때는 작은 키가 싫었다. 10센티만 더 컸으면 얼마나 좋았을까. 물론 그게 콤플렉스가 되지는 않았지만 밑단이 예쁜 바지를 살 수 없다거나(잘라야 하니까), 북유럽에서 화장실 변기에 올라타야 할 때(세상에, 변기가 내 허리 정도 높이에 있었다) 푸념을 하곤 했다. 나는 모든 게 완벽한데 키만 조금 작다는 생각을 하고 살았다.
그런데 어느 날, 미국 교포인 키 큰 남자동생이 나를 안아주며(미국식 인사) 이렇게 말했다.
"누난, 정말 완벽한 사이즈야. 이렇게 품에 쏙 들어오잖아."
그날 이후 나는 완벽한 여자라고 생각하게 됐다. 한 사람의 다정한 말이 사람을 이렇게 바꿀 수 있다는 걸 깨달았다. 정말 고마워, 존.

☾

7월 29일

분명 아침 8시에 제주에 있었는데 10시에 서울 시내 한복판에 서 있다. 제주에 산 지 벌써 8년째. 가끔 서울에 올 때마다 생경하다 느끼는 이유는 깎아지른 듯 날카로운 북한산과 관악산 능선을 볼 때다. 과장해 말하면 티벳에 온 느낌이다. 둥그스런 오름과 세모인 한라산만 보고 살다보니 서울을 둘러싸고 있는 웅장한 산들이 낯설다. 그래서 한 번 더, 깊게 쳐다보게 된다.
무엇이든 익숙해지면 그것의 아름다움을 잊게 된다. 어쩌면 살면서 노력해야 하는 건 익숙해지지 않는 것일지도. 사람에게도, 사랑에게도 익숙해지고 당연해지면 감사가 사라지니까.

✦

7월 30일

20대에 잠깐 미국에 살 때 친하게 지내던 언니에게 전화가 왔다.
"너는 어쩜 목소리가 똑같니. 에너지가 넘쳐. 밝아, 밝아!"
돌아보니 그때의 나는 정말 에너지 넘치는 아이였다. 혼자 기차 타고 미국 서부 여행도 가고, 너바나의 음악을 즐겨 들으며 퍼블릭 마켓에 있는 스벅(시애틀이 스벅의 고향이다)에서 시간을 보내던 20대의 청춘. 잠시 잊고 있던 내 모습을 언니가 끄집어내 주었다.
맞아, 나는 원래 그런 사람이었어. 그 시절의 단단한 자아는 지금의 나에게 왜 이렇게 변했냐고 질책하지 않는다. 오히려 용기를 준다. 그때의 나도 멋졌듯이 지금의 나도 충분히 잘하고 있다고. 아마 먼 미래에 오늘의 나를 보면 '넌 여전히 멋지구나!'라고 말할 수 있을 거라고.

7월 31일

미국 사는 언니가 했던 말이 머릿속에서 맴돈다.
"아직 우리는 살날도 많고 개발할 수 있는 여지가 많아. 돈이 되든 안 되든, 이걸 하든 저걸 하든 시도해보는 게 좋은 것 같아. 해보는 것과 해보지 않는 것에는 큰 차이가 있거든."
서울대 미대 출신인 언니는 미국에서도 디자이너로 일했다. 지금은 뭔가 새로운 일을 시도하며 제2의 인생을 계획하는 중이란다. 끊임없이 무언가를 시도하는 사람은 멋있다. 이렇게 누군가에게 '용기'를 불어넣어주니 더 좋고.

AUGUST

8월

8월 1일

친정에서 엄마와 건강관리 방송 프로그램을 봤다. 성인병으로 직행하는 3대 트러블메이커 당뇨, 고혈압, 고지혈에 좋은 음식을 소개하고 있었다. 마침 자주 먹고 있는 여주, 돼지감자 이야기가 나왔다. "엄마, 우리 저거 먹고 있어"라고 자랑하는데 엄마는 내 말은 듣지 않고 고지혈과 고혈압에 관한 이야기를 한다. 찌개 끓일 때 양파껍질을 쓰는데 마침 양파껍질이 고지혈에 좋다고 방송에 나오니 만족해하신다.
"엄마 너무 웃겨. 자기 말만 해."
"얘, 친구들하고 사진 찍어봐라. 다 자기 얼굴만 봐. 그리고 엄마 친구들이랑 모여서 얘기하면 다 자기 얘기만 해."
어른이 될수록 결국 중요한 건 자기 자신밖에 없다는 걸 깨닫게 되는 것인가.

8월 2일

건강검진 하러 가시는 아빠를 엄마와 함께 따라나섰다. 병원 대기실에 앉아 검사하러 돌아다니는 아빠를 보는데 엄마가 계속 아빠를 체크하신다. 늘 거목같이 든든히 가정을 지켜온 우리 아빠. 이제 아빠는 다른 사람의 보호나 에스코트를 받는 게 편한 나이가 됐다.
경동맥 초음파를 했는데 혈관이 조금 막혀 있어 약을 처방받으셨다. 뇌로 가는 혈관이 막히면 뇌졸중이나 심근경색 같은 게 올 수 있으니 약을 잘 챙겨 드시라고 했다. 아빠는 병원에서 약을 받아와도 잘 안 드시는 타입인데, 내가 엄포를 놓으니 이번엔 바짝 긴장한 듯 보였다.
아빠가 약해지니 내가 강해진다. 엄마는 아빠의 보호자고, 나는 엄마 아빠의 보호자가 된다.

8월 3일

무엇이든 새로운 것에 익숙해지면 이전 것들을 거부하는 마음이 생긴다. 음식에 설탕과 소금을 덜 넣고 간을 심심하게 해서 먹기 시작한 지 2주째.
좋아하던 분식집에서 쫄면과 떡볶이를 시켰는데 음식이 너무 달게 느껴졌다. 사장님이 설탕을 쏟으신 게 아니라 원래 음식을 달게 만드는 곳이었다. 남편과 나의 결론은 "여긴 이제 한 달에 한 번만 오자".
습관을 바꾸니 내가 얼마나 바보 같은 선택을 해왔는지 깨닫는다. 건강하게 먹기, 살아 있는 동안 최대한 아프지 말기. 이런 것들이 목표가 된다.

8월 4일

집 마당에 있는 과실나무로 계절을 가늠할 수 있다. 무화과가 한참 익어 맛있는 6, 7월이 지나면 나무에 감이 달리기 시작한다. 초록색 이파리 사이로 땅콩 같은 초록색 감이 동그랗게 열리고, 점점 형태를 잡아나가며 색이 붉게 변하면 가을 내내 우리를 행복하게 해주는 단감이 완성된다.
내가 한 게 아무것도 없는데 결실의 계절에 맛있는 과일을 먹을 수 있다. 오롯이 자연으로부터 받는 선물이 있다는 사실은 생에 감사하게 한다. 아무런 노력 없이도 기쁨을 얻고 행복할 수 있는 뭔가가 있다는 건 축복이다.

·●·

8월 5일

2년 만에 사우나에 다녀왔다. 제주에는 해수사우나가 여럿 있는데 특히 노천탕이 있는 곳을 가장 좋아한다. 겨울에 눈을 맞으며 뜨거운 물에 몸을 담글 때의 시원함이란. 스트레스가 쌓이는 느낌이 들면 해수사우나로 달려가 노천욕을 즐긴다. 그런데 코로나가 내 즐거움을 뺏어갔다. 초반에는 마스크를 쓰고 사우나를 하기도 했지만 나중에는 아예 발길을 끊었다. 거의 2년간.
코로나에 걸려 거의 회복될 때쯤 갑자기 든 생각은 '노천욕을 할 수 있겠다!'였다. 확진 이후 3주가 지난 오늘, 나는 아무런 부담 없이 당당히 사우나로 향했다. 오늘 또 다른 천국을 맛봤다.

8월 6일

나는 가끔 주기를 정해 혈당을 체크한다. 이번 주도 혈당 체크 주간이었다. 매일 아침 공복 혈당과 식후 혈당을 재기 위해 사혈침으로 손가락을 찌른다.
오늘도 사혈을 하려는데 생각해보니 오른손잡이인 나는 매번 왼쪽 손가락만 찌르고 있었다. 오른쪽 손가락을 찌를까 하다 오른손이 쓰임이 많으니 잘 안 쓰는 왼손이 더 낫겠다 싶어 또 왼손을 찔렀다. 갑자기 왼손에게 미안해졌다. 쓰임새가 덜 하다고 약자라고 차별한 것 같아서. 한동안 '미안하다'며 쓰다듬어주었다.

8월 7일

태풍이 예보된 바다를 앞에 두고 앉아 있다. 지금은 평화로운 저 바다가 이틀 후면 성난 파도를 들춰내며 두려움을 주겠지. 서울에 갈 일정이 있었는데 태풍과 겹치는 바람에 일정을 조금 당겼고 전날과 다음 날에 서울로 가는 다른 비행기도 예약했다. 태풍은 바로 결항과 연결되기 때문에 비행기 좌석을 미리미리 확보해놓지 않으면 큰 낭패다.

인생에 크고 작은 태풍이 오는 걸 막을 수는 없지만 딱 이 정도로만 미리 알 수 있으면 좋겠다. 조금 대비할 수 있으니까, 마음을 준비할 수 있으니까.

8월 8일

모두가 알아챌 정도의
이런 드라마틱하고 아름다운 변화가
어른의 인생에도 한 번쯤 있으면 좋겠다.

☪

8월 9일

치매가 악화되셔서 요양원에 들어가신 시아버지를 만나러 갔다. 모든 시댁 가족은 알아보시지만(이름은 기억하지 못하신다) 비교적 새로운 인물인 나는 알아보지 못하신다. "야 누군지 알겠노?" 하고 시어머니가 물으시자 "모른다"고 하시는 아버님.
내가 아버님을 향해 "결혼 허락받으러 왔어요. 해도 될까요?"라고 묻자 가족들이 웃는다. 비극을 유머로 바꾸는 것, 그리 어렵지 않다.

✦

8월 10일

친정에 있는 엄마 작업실 테이블에 앉아 있다. 내가 중학생 때 엄마와 찍은 사진 속에 30대 초반의 엄마가 활짝 웃고 있다. 지금의 나보다 훨씬 어릴 때 모습이다. 아무것도 모르는 저 나이에 꽤 고생하셨겠구나, 안쓰럽기도 하고 너무 감사한 마음이 드는 순간.

8월 11일

인생은 돌이킬 수는 없지만 개선할 수는 있다, 는 글을 읽었다. 과거에서 배운다, 와도 같은 뜻이겠지. 마음만 잘 먹는다면 인생은 어디론가 전진할 것이다.

·)

8월 12일

오랜만에 경부고속도로를 달렸다. 많은 휴게소를 거쳐 안성휴게소에 다다르면 안심이 되기 시작한다. 무사히 서울까지 거의 왔다는 사실에 설레기도 한다. 죽전 휴게소를 거쳐 익숙한 빌딩들을 마주하면 그제야 느껴지는 안도감.

인생이라는 도로에 이런 익숙한 좌표들이 가끔 있었으면 좋겠다. '아, 잘 왔구나', '거의 도착했구나'를 느끼게 해주는 좌표들. 이젠 안심해도 된다는, 확신의 그 무엇들.

8월 13일

엄마가 해주는 집밥을 무척 좋아한다. 하지만 결혼하고 나서는 친정에 가면 외식하자는 말을 자주 한다. 다정한 맛에 얼마나 많은 수고와 땀이 들어가는지 알기 때문이다. 점심은 배달시킨 아구찜을 먹고, 저녁에는 집에서 밥 먹자는 아빠를 설득해 샤브샤브를 먹고 온 날, 엄마가 말했다.
"밥 안 차리고 설거지 안 하니 너무 좋아."
이렇게라도 엄마에게 소소한 행복을 주고 싶다.

·◗

8월 14일

연인이든 부부든 둘 중 판단이 빠른 사람이 있으면 그 사람 말을 따르는 것이 좋다. 시행착오가 덜하고, 덧없이 소모되는 시간이 절약되며, 땅에 엎질러진 노력 때문에 생기는 갈등도 줄어든다. 서로 좋은 것이라면 옳은 것이다.

8월 15일

8월 15일이 되면 더운 여름이 물러간단다. 남편의 말이다. 이날 이후로는 바닷물이 차갑게 느껴지기 시작한다나. 온난화로 지구 기후가 엉망이 되어 앞으로 얼마나 이 말의 정확도가 유지될지는 모르지만 확실히 더 이상 덥지 않다는 느낌이 든다. 때로 본능이 진리를 가리킬 수도 있다.

8월 16일

작가님은 E시죠?
슈퍼 E 같아요
슈퍼 I 인데
사회생활하며 습득한 외향성
밖에선 외향적으로 보이는 내가 기특하다.
뭐랄까, 잘 살고 있다는 성적표를 받은 것 같달까.

8월 17일

낮 기온 30도의 폭염이다. 창문을 열고 선풍기를 틀었는데 어머, 견딜 만하잖아! 여름의 앞자락은 에어컨이 꼭 필요하지만 끝자락에는 에어컨 없이도 견딜 수 있다는 게 신기하다. 곧 끝난다는 희망이 있어서일까.

☾

8월 18일

남편이 가끔 미운 짓을 하면 째려본다. 눈싸움의 시작인 셈이다. 나는 남편에게 화를 거의 내지 않기에 이게 내가 할 수 있는 화난 표현의 전부다. 유일하게 엄마 아빠에게는 짜증을 내는 나, 더 먼 미래엔 남편에게도 짜증을 낼까 궁금하다.

☾

8월 19일

엄마 판다인 아이바오에게 대나무 먹는 법을 가르쳐주는 사육사의 영상을 우연히 봤다. 대나무를 주식으로 먹고사는 판다에게 인간이 대나무 먹는 법을 가르쳐주다니!
아가를 배에 올려놓고 대나무를 먹다 보니 잎이 자꾸만 아가를 치는 게 문제였다. 사육사가 대나무를 쥐는 방향을 옆으로 바꾸라며 시범을 보여주자, 그걸 유심히 쳐다보는 아이바오. 가르쳐준 대로 대나무를 옆으로 들고 먹는다.
사랑은 습관마저 바꿔버린다.

✦

8월 20일

〈하트 시그널〉을 보는데 짝사랑에 아파하는 한 남성출연자에 대해 이야기하던 가수 윤종신이 웃으며 말했다.
"이제 내 이별 플레이 리스트를 들으면 돼. 노래 많아."
사랑 때문에 울어보지도 않고 노래를 만드는 창작자는 없다. 너무 내 얘기 같아서 더 절절한 노래는 그만큼의 고통이 있었기에 가사 하나하나 몸에 새겨지듯 우리를 전율하게 한다.
아픔이 없는 곳엔 노래가 없다. 우리를 위로하는 노래는 누군가의 아픔에서 솟아났다. 나의 아픔도, 나의 좌절도 결국 누군가에게 위로가 되겠지. 시간이 지나면 저렇게 웃으며 말할 수 있겠지.

8월 21일

아인슈타인이 말했다.
"사람들은 달에 갈 생각만 하느라 자기 발밑에 핀 꽃을 보지 못한다."

·☽

8월 22일

같은 시절을 살았다는 이유만으로도 큰 위로와 동질감을 느끼게 되는 순간이 있다. 공유하는 이야기와 추억하는 순간들이 서로 오버랩 될 때 '저 사람도 나와 똑같구나' 하는 일종의 안도감이랄까.
요즘은 영양제 정보와 어깨와 허리 통증을 다루는 좋은 운동에 관한 유튜브 정보를 나누며 끈적한 동지애를 느끼곤 한다. 특히 유재석이나 나영석 PD가 하는 이야기가 왜 이리 공감되는지.

8월 23일

지인의 생일, 마침 서울에 있던 차라 만나기로 했다. 지인의 생일 때마다 케이크를 챙겨주시는 베이커리 대표님이 계신데 함께 갈 수 있냐고 묻기에 따라나섰다.

여의도 2층 베이커리 카페에서 독일식 빵을 먹으며 친구와 이야기를 나눈 뒤 떠나려는데 대표님이 봉투 두 개를 들고 나타나셨다. 봉투에는 케이크와 다양한 빵이 들어 있었는데, 대뜸 나에게도 하나 쥐어주신다. 깜짝 놀란 나와 웃으며 '쉿' 하는 대표님이 만든 어리둥절한 광경.

처음 만난 사람에게 이렇게 호의를 베풀 수도 있구나. 그날 생각했다. 나도 이렇게 넉넉한 사람이 되고 싶다고.

8월 24일

진행 중인 프로젝트 때문에 각각 다른 회사의 두 담당자를 만났다. 처음 만난 담당자는 세상 피곤한 얼굴로, 헤어진 남친과 대화하는 마냥 심드렁하게 이야기를 나눴다. 다른 회사 담당자와의 미팅은 완전히 반대였다.
며칠 후 심드렁했던 담당자가 프로젝트를 신경 써서 챙겨 준 걸 알게 됐다. 어쩌면 그날은 다른 이유로 감정이 좋지 않아 그랬을 수도 있고 원래 성향이 그런 사람일 수도 있겠지. 여튼 속으로 욕한 거 미안했다.

8월 25일

해외여행을 수없이 다니던 내가 비행기를 탈 때 긴장하기 시작한 건 2~3년 전부터다. 신기하고 믿을 수 없어 원인을 찾아봤다.

예전에 날씨 문제로 비행기가 활주로에 착륙하기 직전에 다시 올라가 30분간 하늘을 빙빙 돌았던 일 때문이었다. 그날 나는 정말 큰 공포를 느꼈다. 이런 순간에 내가 할 수 있는 일이 아무것도 없구나, 하는 무기력감이 온몸을 타고 흘렀다.

내 삶이 나의 의지와 상관없이 결정되는 일, 준비하지 못한 채 사랑하는 사람들을 떠나는 일. 이 두 가지를 받아들이기가 아직은 힘들다.

8월 26일

가장 들킬 가능성이 없는 내밀한 곳부터
가장 나를 아끼고 존중하는 마음으로 대하고 싶다.

8월 27일

쇼팽의 〈녹턴 Op9, No.2〉를 좋아한다. 피아노를 배우던 어린 시절부터 내 머릿속에 명징하게 남아 있는 곡 중 하나다. 어렸을 때는 기교가 최선이라 생각했다. 틀리지 않고 음표 하나씩 정확하게 건반 누르기. 하지만 나이가 들수록 여백이 있는 연주가 좋다. 어디로 가는지 모르면서도 결코 범위를 벗어나지 않고 흐르는 강물처럼 자연스러운 움직임. 특히 피아니스트 조성진의 연주를 들을 때 그런 자유함이 느껴진다.

눈썹으로 온갖 표정을 지으며 연주하는 피아니스트를 볼 때마다 '연기'를 한다고 생각했는데. 그들은 이미 자기가 어떻게 연주하고 싶은지 알고 있었다. 이제는 그저 연주를 듣고 있는 내 얼굴에서도 드러난다, 감정의 울컥임이. 오만가지 표정으로 눈썹을 찡그리다 결국, 흘러내리는 감정 몇 방울이.

☾

8월 28일

시련에 무너지는 이유는 정말 시련이 죽을 만큼 가혹해서가 아니라 삶을 흔드는 위기 앞에 내가 절망해서다. 미리 겁먹는 바람에 희망을 버리고 두려움을 껴안아버리기 때문이다.

시련이 찾아왔을 때 맞설 용기가 없다면 굳이 없는 용기를 짜내며 버티지 않아도 된다. 대신 그저 희망을 꼭 붙들고 두려움을 품지 말 것. 휘청거리며 서 있더라도 그저 버틸 것. 태풍이 지나가고 나면 내 안에 숨어 있던 희망이 다시 나를 일으켜줄 테니.

☾

8월 29일

창문을 열어놓고 잘 수 있는 여름의 끝자락이다. 여느 때처럼 창문 열고 자고 있는데 갑자기 두두두두둑, 소리가 들린다. 소나기다. "어, 비오네"라는 말로 남편의 잠귀 데시벨을 측정한다. 그리고 이어진 나의 한마디.
"창문 닫을까?"
인간 리모컨은 조용히 일어나 창문을 닫고 내 허리를 한 번 쓰다듬는다. 이럴 때 정말 결혼 잘했다는 생각이 든다.

✦

8월 30일

"평생 관찰한 자연에도 손잡지 않고 살아남은 생명은 없더군요. 혼자만 잘 살지 말고 모두 함께 잘 사는 세상을 이끌어주십시오."

최재천 교수가 서울대학교 졸업식에서 한 말이다. 결혼을 해보니 남자와 여자가 서로 의지하고 사랑하며 살아가야 할 이유가 바로 이것임을 느낀다.

혼자 살아남기는 쉽지 않다, 우리도 자연이니까. 살아남으려면 변해야 하고 누군가 함께하면 그 변화는 쉬워진다. 부부는 손잡아야 살아남는다.

8월 31일

8월에서 9월로 가는 느낌은 7월에서 8월로 갈 때와는 확실히 다르다. 계절이 바뀐다는 걸 알아차려서일까. 겨우 하루 차이인데 이제 가을이 시작되겠구나, 싶은 마음이 장착된다. 연두색 빛을 내며 촘촘히 열매가 달린 대추나무 가지가 무거운 듯 출렁댄다. 나무가 견뎌내야 하는 무게를 존중하기에 선불리 손대거나 돕지 않는다. 장석주 시인의 시처럼 연두빛 대추들이 저절로 붉어지지 않는다는 걸 안다. 가을 태풍을 겪고, 드센 바람을 겪고, 뙤약볕을 견뎌야만 달콤해진다. 그렇게 인생이 익어간다.

SEPTEMBER

9월

9월 1일

아침 온도가 제법 쌀쌀해져 새벽에 수목원으로 갔다. 최근 '어싱(earthing)'이라는, 맨발로 걸으며 땅과 접촉하는 운동이 얼마나 몸에 이로운지에 대한 영상과 기사를 읽고 몸이 근질근질해서다. 맨발로 걷기에 한라산이 제일 좋지만 운전을 30분이나 해야 해서 일단 보류. 화산송이 길이 100미터 정도 있는 한라수목원이 떠올랐다.

수목원 중턱에 올라 운동화와 양말을 벗어 남편 손에 들려주고 맨발로 걸었다. 뾰족뾰족한 화산송이들과 맨들한 발바닥이 처음에는 꽤 실랑이를 했다. 고통스러웠지만 몸에 좋다니 꿋꿋이 견뎠다. '아야아야' 소리를 내니 좀 덜 아프게 느껴졌다. '나는 아파요'라고 표현하니 마음이 좀 누그러졌달까. 발바닥이 부르는 노동요 같다.

인생을 걷다가도 아플 땐 소리를 좀 내야겠다. 너무 꾹꾹 참지 말고.

9월 2일

집에서 차로 한 시간 정도 걸리는 커피 로스팅 공장에 커피를 사러 간다. 평소에는 쉽게 움직이지 않는 먼 거리라 3~4개월에 한 번씩 마음먹고 여행을 떠난다.
에티오피아나 케냐 산지로 여행을 가듯이 맛있는 커피를 사기 위해 떠나는 여행. 집에 오는 내내 차 안이 향긋한 커피 향으로 가득해 행복하다.

9월 3일

남편이 쓴 책이 나왔다. 시어머니는 두 번이나 읽으셨다며 목이 다소 메어 있었다.
"내 마음이 얼마나 울컥했는지 모른다."
꼭꼭 눌러 내뱉으신 문장. 어머님과 아버님에 관해 쓴 글을 읽으시며 평생 고생만 하신 당신을 향한 아들의 마음을 책으로나마 알게 되어 흘리신 눈물이었을 것이다.
'말하지 않아도 알아' 시대에 태어난 부산 남자와 부산 엄마는 편지가 되어버린 책으로 소통하며 마음을 열었다. 부모님께 효도한 것만으로도 이 책의 가치가 충분하다는 남편의 목소리도 젖어 있었다.

9월 4일

·●·

9월 5일

남편이 점심으로 샌드위치를 샀다며 가지고 왔다.

사실 이 샌드위치를 사는데 한 달 정도 걸렸다. 남편은 오랫동안 고심하는 타입이라서 뭔가 실행하려면 시간이 오래 걸린다. 나는 머리를 자르고 싶으면 그날 미용실에 전화해서 시간이 맞으면 바로 가는데, 같이 가서 머리를 자르자고 하니 화들짝 놀라며 날 이상하게 본 적도 있다. 남편은 그런 일에는 2~3주가 필요하다고 한다. 한 번도 가보지 않은 가게에서 샌드위치 하나 사는 일에도 남편은 시간이 필요하다. 나와 다른 점이 이해되지 않더라도 있는 그대로 존중하는 지점까지는 온 것 같다. 남편이 사온 샌드위치를 보고 기쁜 걸 보면. 나는 0.5개, 남편은 1.5개. 반으로 자른 샌드위치 하나를 남편에게 주었다.

9월 6일

"부모의 사랑과 부부, 연인 간의 사랑 중 어떤 사랑이 더 귀한 사랑일까?" 남편이 물었다. (물론 비교할 수는 없지만.)
자식에 대한 부모의 사랑은 본능이다. 부모는 자식을 위해 목숨도 아낌없이 내놓을 수 있으니까. 하지만 남녀 간의 사랑은 헤어지면 끝인, 제한된 사랑이다. 희생하겠다는 각오 없이는 관계가 지속되지 않는다. 본능을 훨씬 넘어서야 한다. 목숨을 내놓으려면 각오를 해야 하고 결심해야 한다. 그런 면에서 남녀 간의 사랑이 훨씬 숭고하다.

9월 7일

아아아앙~
조용한 바닷가 카페에 정적을 깨는 소리. 아기가 운다. 엄마가 손에 쥐어준 게 마음에 안 들었는지 냅다 땅바닥에 던지더니 울어버린다.
아기는 믿을 수 없을 만큼 용감하다. 싫으면 소리 지르고 불편하면 운다. 입에 넣었다가도 먹고 싶지 않으면 그냥 뱉어버린다. 그렇게 해도 엄마는 자기를 버리지 않는다는 걸 알기 때문이다. 사랑받고 있다는 걸 본능적으로 안다.
용감하다, 너무 용감하다. 나는 언제부터 용감함을 잃어버렸을까. 싫어도 불편해도 그저 미소 지으며 넘어가는 내 모습이 오버랩 된다. 나도 아기였을 땐 용감했겠지. 이제 울거나 소리를 지르지는 않지만 그때 기억을 더듬어 가장 나다웠던 때로 돌아가본다. 싫은 건 싫다고, 불편하다고 정직하게 얘기해본다. 용감했던 나로 돌아가본다.

9월 8일

가수 악뮤가 〈다이노소어〉라는 노래를 부르는 영상을 우연히 봤다. 동생인 수현이 고음을 부르는 부분에서 노래하다 말고 오빠인 찬혁을 한 대 '퍽' 친다. 라이브로 부르지 않겠다고 약속한 힘든 노래를 매번 라이브로 부르게 하는 오빠가 얄미워서다.

앞으로 몇 대든 맞을 수 있다는 걸 각오하고서 상대 안의 보석 같은 재능을 꺼내주는 일. 그리고 거짓말인 줄 알면서도 상대가 원하는 걸 기꺼이 해주는 마음. 티격태격하면서도 서로 성장해나가는 것, 이것이 진정한 사랑 아닐까.

☾

9월 9일

남편과 함께 서울에 올라왔다. 서울만 오면 공황이 생길 정도로 불편해하던 사람인데 어찌 된 일인지 나와 함께 있으면 괜찮다고 한다.

신혼 초에는 길어야 3일 정도밖에 서울에 머무르지 않았는데 요새 남편은 일주일도 거뜬히 지낸다. 불가능하던 일을 가능하게 해준 사람이 나라는 사실이 꽤 뿌듯하다. 나보다 키도 크고 힘도 훨씬 센 누군가에게 든든한 존재가 될 수 있다니.

강하고 거대한 것만 의지가 되는 건 아닌가 보다. 맞다. 때로는 약하고 작은 것에서도 큰 위안을 얻을 수 있다. 마치 무해한 아기를 안을 때처럼.

✶

9월 10일

나는 추석을 친정에서 보내고, 다음 날 시댁에 간다. 명절 당일 시댁에 가는 형님 가족과 만나려다 보니 그렇게 패턴이 잡혔다. 오늘은 친정에 동생네 가족이 놀러왔다. 아빠와 나, 내 동생, 조카의 성향은 아주 비슷하다. 고집 세고 자기주장이 강한 것만 봐도 한 핏줄임이 분명하다. 나는 누구와 붙든 일단 '경쟁'이라고 하면 초집중해 경기에 임한다. 조카와 보드게임을 해도 절대 봐주지 않는다.

인간미 없는 고모와 게임을 하던 열두 살 조카는 자기 성질에 못 이겨 얼굴이 발갛게 달아올랐다. 아, 뭐 저런 어른이 있나 싶은 거다.

"얘, 좀 쉬엄쉬엄 져주면서 해."

엄마가 내 옆구리를 찌른다. 나도 그러고 싶다. 근데 그게 안 된다. 하나뿐인 조카 놀리는 게 재밌기도 하고.

*)

9월 11일

정말 전생이라는 게 있다면(물론 없다고 믿지만) 나는 나라를 구한 게 틀림없다. 시댁에 가서 손 하나 까딱 하지 않고, 시어머니가 차려주시는 밥 먹고, 과일이랑 디저트도 먹고, 시댁 식구들과 이야기 나누다 친정으로 돌아온다.
시어머니는 손맛 장인인 데다 당신 살림에 누가 손대는 걸 싫어하신다. 추석에 시댁에서 일만 하고 온 형님은 나를 시댁에서 일하는 며느리로 만들고 싶지 않다고 하셨다. 물론 이 모든 배경에는 나의 안녕과 행복을 최우선으로 하는 기인 남편이 있다. 시댁 스트레스가 전혀 없으니 나는 남편에게 더 최선을 다하게 된다. 우리가 행복하게 사는 모습을 보시는 어머님도 덩달아 행복하시다. 세상에서 가장 아름다운 선순환은 이런 게 아닐까?

·☽

9월 12일

엄마의 생일. 호텔 뷔페에 왔다. 1인당 10여만 원에 가까운 대가를 지불하고 들어왔으니, 이곳에 있는 모든 음식을 먹을 권리가 있다. 하지만 그렇게 하지는 않는다. 어린아이도 안다. 그건 불가능하다.
이런 날은 의식적으로 '무리하지 않는다'. 모든 게 가능하다고 모든 것을 다 하려고 하면 탈이 난다. 그 강박에서 벗어나야 자유로울 수 있다. 나는 평소에 먹을 수 없는 요리나 고가의 식재료가 들어간 음식만 쏙쏙 골라 접시에 담는다.
인생살이도 비슷하다. 적당히 고르고 적당히 버려야 현명하다. 그렇게 고르고 버려봐야 좋은 걸 보는 눈이 생긴다.

9월 13일

"아빠~ 우리 갈게요. 담에 봐요."
먼저 출근하시는 아빠에게 인사를 하면 아빠는 "그래" 하고 홱 돌아서 가신다. 누가 보면 심통이 난 것처럼. 하지만 나는 안다. 아빠가 서운해서 그런다는 걸.
나중에 엄마에게 이렇게 말씀하신단다.
"그래도 지 신랑 좋다고 저렇게 쫄래쫄래 따라가네."
외딴 섬 제주로 내려가는, 떨어져 사는 딸래미 모습이 아빠는 늘 애틋하신 거겠지. 그래도 뭐, 신랑 싫다고 친정집에 오면 더 싫어할 거면서.

9월 14일

어제 공항에서 돌아오자마자 샤워를 했다. 샴푸로 머리를 감은 뒤 트리트먼트를 바르는데 세상에! 맞아, 이 향이었지. 일주일 전에 구입해놓고 딱 한 번 사용했던 트리트먼트 향이 퍼지자 나는 파리에 막 도착한 여행자처럼 행복해졌다. 나는 향기에 예민하고 호불호가 아주 명확하다. 향수를 잘 안 쓰는 대신 샴푸나 바디로션을 세심하게 고른다. 좋은 향을 쓰는 순간 행복을 바르는 것처럼 기분이 좋아진다. 그 상태로 몇 시간은 지낼 수 있으니 참 좋다.

9월 15일

연애 매칭 프로그램을 즐겨 본다. 사람들이 무엇을 사랑이라고 생각하는지, 생각이 어떤 프로세스로 발전하는지 관찰하기 좋아서다.

최근 〈나는 솔로〉라는 프로그램을 보면서 우리가 얼마나 말을 쉽게 내뱉는지에 대해 고민하게 됐다.

'입에서 쉽게 나오는 말을 가장 조심해야 한다. 어차피 어려운 말은 여러 번 생각하고 조심하게 되어 있다.'

남편이 인스타그램에 써놓은 문장을 빌어와 본다. "말할 수 없는 것에 관해서는 우리는 침묵하지 않으면 안 된다"라는 비트겐슈타인의 말에 덧댄 말이다.

9월 16일

중국 상담심리 전문가 무옌거(慕顔歌)는 《착하게, 그러나 단호하게》에서 이렇게 말했다.
"타인을 과도하게 '허용'하는 것은 자신에 대한 학대다. 온화하고 선량한 것도 좋지만 필요하다면 자신을 위해 싸울 수 있는 무기인 '까칠함'도 갖춰야 한다."
내 까칠함이 상대에게 상처를 줄 때는 미안한 마음이 든다. 하지만 나에게는 내가 상처받지 않는 게 더 중요하다. 그래서 최선을 다한다. 때로는 까칠할 것, 그러나 무례하지 않을 것.

☾

9월 17일

요즘 내가 코끼리를 냉장고에 넣는 법.
코끼리를 냉장고에 넣어야겠다는 생각을 한 뒤, 방법을 검색하기 위해 휴대전화를 갖고 온다. 휴대전화를 켜다 카톡 메시지가 온 걸 발견하고 카톡을 열어본다. 짧게 답을 하고 다시 인터넷 검색 창을 열다가 긴급 속보를 클릭한다. 제목을 읽고 기사를 읽는 중간에 '어, 내가 왜 휴대전화를 꺼냈지?' 하는 생각에 빠진다.
"아! 코끼리를 냉장고에 넣는 방법!"
유레카를 외치며 검색하고선 드디어 순서를 복기한 뒤 실행에 옮기려는 찰나. 코끼리가 없다는 걸 발견한다.

☾

9월 18일

답장이 왜 안 오지
망망대해에 미끼를 던져 놓고
기다리는 것 같아
이것이 프리랜서의 삶

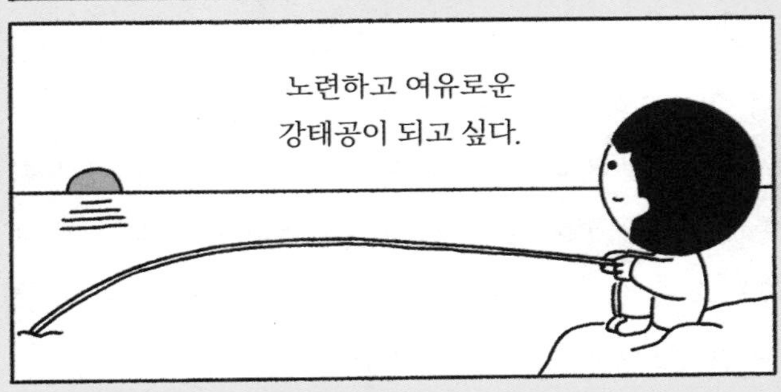
노련하고 여유로운
강태공이 되고 싶다.

☾

9월 19일

직장인으로 10여 년, 프리랜서로, 회사 대표로도(물론 1인 기업이지만) 몇 년 살아온 나의 결론. 주도적 성격이 아니거나 먹고사는 걱정이 많다면 그냥 회사에 머무는 편이 낫다. 도전적이고 겁도 없고 '뭐 어떻게든 되겠지'라는 성향이라면, 게다가 먹고살 돈도 많다면 퇴사해도 오케이. 어떤 곳에 머물든, 갑이 되든 을이 되든 일장일단이 있고 괴로움이 있다. 직장을 벗어나면 매달 지출을 책임져주던 울타리가 사라진다. 회사 안에서나 밖에서나 인간관계는 늘 내 한계를 재는 시험대가 된다. 대신 얘가 마음에 안 들면 쟤랑 일하면 된다는 정도의 옵션이 많고 자유롭다는 점이 좋다. 내 시간 내 맘대로 쓸 수 있는 워라밸이 가능하지만 결국 맛있는 거 먹고 원하는 대로 살기 위해선 열심히 일해야 한다.

✦

9월 20일

제법 가을 느낌이 나기 시작하니 마음이 조급해진다. 올해 제대로 이룬 일이 있나? 돌아보니 죄다 시시한 것밖에 보이지 않는다. 매일 일기를 쓰고 그림을 그려 SNS에 올린 것 말고 이렇다 할 결과물이 없다. 뭔가 성에 차지 않는 기분.
그래도 돌아보면 꽤 많은 길을 걸었다. 눈에 띄는 결과물이 없어도, 손에 잡히는 게 아무것도 없어도 괜찮아, 나에게 다정하게 말을 건넨다. 내 안의 '열정 동지'에게. 완벽하진 않지만 그렇다고 부족하지도 않은 매일을 살아왔다고. 매일매일 빛나고 있었다고.

9월 21일

울적한 날엔 매물로 나온 땅이나 집을 보러 간다. 제주오일장신문이나 포털을 검색해서 마음에 드는 집이 있으면 부동산에 연락하고 시간을 잡는다. 5,000만 원짜리 땅도 있고 10억짜리 집도 있다. 위치에 따라 평수에 따라 제각각인 땅과 옛집들이 손 바뀜을 기다리고 있다.

옛날 집에 들어서면 살던 사람의 이야기가 읽힌다. 전 주인의 취향과 감각이 고스란히 전해진다. 나와 비슷한 취향을 만나면 반갑다. 인테리어 아이디어도 얻는다. '여기를 어떻게 리모델링해서 꾸미면 좋을까' 상상하면 에너지가 솟는다. 마음에 드는 집이 있으면 더 신이 난다. "우리 저 집 사자!" 명랑한 내 결정에 되받아치는 남편의 말.

"좋지, 돈 있어?"

"아니 없지 크크크."

상상만으로도 즐거운 부동산 윈도우 쇼핑.

☽

9월 22일

이익을 따지지 않고 다른 사람을 기꺼이 돕는 사람이 있다. 자기에게 득 될 게 없으면 전혀 신경 쓰지 않는 사람도 있다. 그리고 상대방을 도왔을 때 나보다 상대방이 더 잘될 것 같으면 아예 도울 생각조차 밀어내는 부류도 있다.
나는 그중 어느 쪽일까? 아무리 내 마음을 살펴도 후자 쪽인 것 같다. 그래서 나는 일부러 기회가 생길 때마다 타인을 도우려 노력한다. 그렇게라도 하지 않으면 내 졸렬하고 이기적인 마음이 탄로날까 봐.

9월 23일

애월에 있는 카페에 갔다가 몇 년 전 절교한 친구가 떠올랐다. 10년 이상 알고 지낸 친한 친구였는데 어떤 일을 계기로 멀어졌다. 당시 나는 내 생각을 존중해주지 않는 친구가 서운했다. 친구도 고집을 꺾지 않는 나를 부러뜨릴 수 없어 결국 절교하는 것으로 매듭지었다.

지금 생각해보니 내 생각을 고집하는 게 뭐 그리 중요한 일이었나 싶기도 하다. 시간이 갈수록 생각은 바뀌고 '그래, 그럴 수 있지' 하는 순간들이 많아진다. 그래도 후회하지 않는다. 누가 잘했고 잘못 했는지는 더더욱 따지지 않는다. 그냥 우정이 끝났을 뿐 그 이상도, 그 이하도 아무 의미가 없으니까.

9월 24일

다른 사람의 기대에 부응하기를 단념하는 것이 가장 나답게 사는 방법이라고 한다. 타인의 기대라 함은 '너는 이러이러한 사람이잖아' 정도의 무게겠지?
그래서 가끔 내 성향과 반대되는 행동을 해본다. 감정에 휩싸여 무계획적인 외향인으로 변신해본다. 이를테면, 애월 바닷가에서 사람들과 밤새 캠핑하며 마시멜로 구워 먹기?

9월 25일

꼬박꼬박 챙겨 먹어야 할 약이 생겼다
할머니들처럼 약봉지가 생기는 건가
정기적으로 먹는 약이 생기다니,
뭔가 어른이 된 것 같아 우쭐하다.

9월 26일

행복한 결혼 생활을 해나가는 데 중요한 것은 '얼마나 서로 잘 맞느냐'가 아니라 '어떻게 다른 점을 잘 다루느냐'라고 톨스토이가 말했다.

☾

9월 27일

사람은 홀로 태어나 홀로 죽는다. '우리'라는 단어를 넣어 홀로인 영혼을 잡아두고 싶은 건 우리 외톨이들의 운명이다. 애써 살아도 늘 혼자지만 '우리'라고 부를 때만큼은 다정함이 느껴져서 좋다. 우리, 라는 단어가 포함된 가장 좋은 단어는 우리집이다.

☾

9월 28일

서울에 오면 묘한 기분이 든다. 사람이 그득한, 복작복작한 삶을 살았던 무대이기 때문이다.
기자로 살 때는 주위에 사람이 많았다. 휴대전화 연락처 목록은 1,000개가 넘었고, 늘 누군가에게 전화가 왔다. 모두 도움을 요청하거나 나와 관계를 이어가려는 마음들이었다.
처음에는 나라는 사람 자체를 향한 호의인줄 알았다. 기자를 그만둔 뒤에는 거짓말처럼 전화가 끊겼다. 그때 알았다. 어른들의 관계는 일종의 사용 가치에 의해 유지된다는 것을. 그리고 그건 어쩔 수 없는 일이라는 것을.
소설 《마틸다》에서 초능력이 사라져버린 마틸다는 이렇게 말한다. “이렇게 되어서 기뻐요. 평생 기적을 일으키며 살고 싶지는 않았거든요.”
사용 가치가 다소 떨어진 지금이야말로 진짜 친구를 얻을 수 있는 좋은 시절이다.

☪

9월 29일

〈슈퍼맨이 돌아왔다〉라는 프로그램이었을 거다. 혼자 놀고 싶다며 울고 떼쓰는 사랑이를 엄마 야노 시호(矢野志保)가 안고 이야기했다.

"사랑이는 혼자 놀이를 하는 게 좋구나. 엄마도 어렸을 때 그랬어. 내가 하고 싶은 것만 하고 살았어. 그런데 혼자 노는 것보다 친구랑 같이 놀면 기쁨이 더해져서 훨씬 더 큰 기쁨이 되더라. 엄마는 그걸 서른 살에 알았어. 그러니까 사랑이는 아직 몰라도 돼. 천천히 천천히, 나중에 알게 될 테니까."

'이젠 너도 알아야지', '어른이 돼야지' 하면서 재촉하지 않고 눈높이를 맞추고 공감해주는 야노 시호의 말이 너무 좋았다. 가끔 나에게도 해주고 싶은 말이다.

"아직 몰라도 돼. 천천히 천천히. 언젠가 나중에, 결국 알게 될 테니까."

✴

9월 30일

사람들은 생각보다 남을 돕지 않는다고 생각했다. 요즘 드는 생각은 사람이 사람을 잘 돕지 않는 게 아니라 생각보다 남을 돕는 데 서툴러 돕지 않는 것처럼 보일 수도 있겠다 싶다. 어떻게 도와야 하는지 모를 수도 있고, 상대가 원하는 방식이 아니라 자기가 생각하는 방식으로 도와 빛이 나지 않을 수도 있고.

OCTOBER

10월

10월 1일

"나와의 약속을 지키다 보면 내가 지킨 약속들이 나를 지킨다"는 글을 읽었다. 내가 나와 한 약속을 계속 어긴다면 결국 나를 유지하고 지켜주는 것들이 사라진다는 얘기도 된다. 그렇게 나는 서서히 무너질 수 있다.

내가 무심코 미루다 흘려보낸 약속들이 얼마나 많은지 돌아본다. 커피는 하루에 두 잔 이하로 마시기, 하루에 한 시간 이상 책 읽기, 꾸준히 산책하기, 밤에 꼭 에센스와 크림 바르고 자기, 일을 급하게 처리하지 않기, 내키지 않는 일은 하지 않기, 나를 제일 먼저 돌보기.

버티기 힘들 때, 그 무엇도 지키기 어려울 때 나와 한 약속만은 지켜보자. 그러면 언젠가 나도 저런 말을 할 수 있는 때가 오겠지. 삶은 쉽지 않았지만 그럼에도 내가 스스로와 한 약속들을 지켰고, 그것들이 나를 버티게 해주었다고.

·☽

10월 2일

새벽 3시 반. 평소보다 일찍 일어났다. 남편이 깨지 않게 조용히 밖에 나가 하늘에 떠 있는 별을 바라본다. 내 몸을 구성하는 원소들 대부분이 별에서 왔다는 것, 우리가 우주의 별 부스러기로 만들어졌다는 사실은 나를 설레게 한다.

나는 우주를 품고 있는 사람, 내 안에 우주가 있다는 이야기는 내가 얼마나 귀한 사람인지 인지하게 한다. 동시에 타인의 존엄에 대해서도 다시 마음을 기울이게 한다. 내가 함부로 대한 그 사람도 결국 우주를 품고 있는, 귀한 사람이라는 것을.

발뒤꿈치를 들고 발레리나처럼 걸음을 옮긴다. 조용히 들어와 쌔근쌔근 자고 있는 남편을 바라본다. 나의 또 다른 우주. 어제 째려봐서 미안, 나의 존귀한 사람. 볼에 입을 맞춘다.

·☽

10월 3일

커피에 잘 어울리는 귀리우유를 찾았다. 아주 디테일하게 가루커피에 잘 맞는 브랜드와 원두(에스프레소)에 잘 어울리는 브랜드를 각각 찾아냈다. 입맛이란 게 어쩜 이렇게 오묘하고 디테일한지 새삼 신기하다. 그리고 그 멋진 일을 해낸 나, 칭찬해!

10월 4일

생필품을 제외하고
물건을 좀처럼 사지 않는 우리집
탁
택배가 또 왔다.
도서관에서
책을 빌릴 수 있다는 걸
남편은 알고 있는 걸까?
BOOKS

10월 5일

열어놓은 창문으로 들어온 바닷바람이 온 방을 훑고 지나간다. 어쩌면 태평양에서 떠난 바람에 묻어온 향유고래의 향기. 그 위로 풀벌레 소리가 덧입혀지다가 이내 새들이 회의를 연다.

내 작은 침실은 바다가 되었다가 금세 풀밭이 된다.

10월 6일

아이들은 내일이 없다는 듯이 뛰어논다. '내일은 신경 쓰지 않고 일단 오늘을 살겠다는 듯이'라는 표현이 더 적확하겠다. 더러워지는 것에 대한 개념이 없는지 모래바닥에서 뒹굴고, 자라고 해도 좀처럼 자지 않는다. 뭐가 재미있는지 작은 몸짓에도 깔깔 웃는다. 소설《마틸다》의 주인공 마틸다가 한 말처럼 어린이들은 '심각하지 않고 웃는 것'을 좋아한다.

언제부터 나는 내일을 신경 쓰게 됐을까. 내일을 대비해야 한다는 어른들 말을 귀담아들으면서였을까. 미래를 대비하고 준비하라는 그 한마디 때문에 웃음의 자리에 걱정이 들어앉았다. 내일을 대비하지 않고 해맑게 놀던 시절로 다시 돌아가고 싶다.

☾

10월 7일

하루하루 기록한 이야기와 생각을 책으로 출간하기로 하고 작업 중이다. 디자인 시안이 들어왔다. 네 가지 시안 중 하나를 선택해야 한다. 서체, 본문 간격, 본문 컬러, 저쪽 구석에 숨어 보일 듯 말 듯한 이모티콘 하나까지 모두 결정해야 하는 작업. 다른 사람들이 만든 책을 그저 읽을 때는 몰랐다. 이렇게 모든 걸 하나하나 애쓰고 수고해야 하다니. 내가 글을 쓰며 단어를 고르듯 디자이너도 편집자도 수많은 생각과 시도를 하며 책을 완성해가겠지.
그러고 보면 세상은 모두 애쓴 이들의 작품이다. 펜 한 자루도, 미용실에서 완성한 새 헤어스타일도, 분식점 쫄면도, 신형 SUV도… 내 맘에 들지 않은 구석이 있어도 최선이 아니라고 말할 수 없다. 누군가가 들인 노력을, 수고를 귀히 여기자.

☾

10월 8일

나와 같은 생각을 하는 작가의 글을 읽거나 어렴풋하게 갖고 있던 생각을 또렷하게 설명해놓은 문장을 마주할 때 정말 기쁘다. 세상에 나와 비슷한 사람이 있다는 걸 알았을 때 묘한 유대감이 생기는 법이니까. 《72일간의 세계 일주》를 쓴 미국 저널리스트 넬리 블라이(Nellie Bly) 글을 읽었을 때도 그랬다.

"나는 늘 안개가 좋았다. 안개는 대낮의 눈부신 햇살 아래에서는 지루하고 평범해 보일 수 있는 사물에 부드럽고 아름다운 빛을 준다."

평화로를 달려 제주 서쪽으로 가거나 한라산을 넘어 서귀포로 가는 도중, 안개를 만날 때마다 가슴이 두근거렸던 이유다.

모든 게 또렷하고 선명하게 보이는 건 지루하고 평범하다.

인생은 안개 속이기에 아름다울 수 있다.

☾

10월 9일

이제 완연한 가을이다. 산책길에 보던 귤밭이 어느새 사라지고, 제비 가족도 떠날 채비를 한다. 대신 귤밭 자리에 마을 베이커리가 생겼고, 더 이상 자동차 창에 말라붙은 제비똥을 치우지 않아도 된다. 여름 내내 입던 낡고 닳은 옷을 버리는 대신 좋아하는 가을옷을 꺼낸다. 무화과는 사라졌지만 감과 대추가 익어간다.
슬픔과 기쁨은 등을 맞대고 있다. 슬픔을 뒤집으면 기쁨이 된다.

✦

10월 10일

서귀포자연휴양림에 드라이브를 갔다. 집에서 40분 떨어진 숲이라 가끔 가는 곳이다. 휴양림 중간쯤에 주차한 뒤 캠핑 의자를 펴고 앉는다. 아직은 초록인 나무와 그 너머 하늘을 바라보며 멍하니 있다가 갖고 간 담요를 덮는다. 산은 날씨가 꽤 쌀쌀하다. 책장을 몇 장 들추다 집에서 가져온 도시락을 펼친다. 소풍의 하이라이트 시간인 걸 아는지 까마귀 한 마리가 어슬렁거려 도시락을 손에 꼭 쥐고 먹었다.

걷는 걸음걸음 작은 돌탑이 쌓여 있다. 이곳을 오가는 사람들이 두고 간 소원들. 무너진 작은 돌탑 위로 덩그러니 남겨진 하트 모양 돌 하나가 눈에 띄었다. 소원을 쌓다가 포기해 버린 것일까. 마음이 흔들거려 무너진 걸까. 누가 이렇게 아픈 재채기를 남기고 갔을까.

10월 11일

가족에 대해 표현한 말 중 제일 마음에 드는 말이 있다.
“가족은 숲과 같아서 밖에서 볼 때는 빽빽하고 울창해 보이지만 안에 들어가면 나무가 각각 자기 자리를 가지고 있음을 알 수 있다.”
아프리카 속담이다.

·☽

10월 12일

우리 집 마당에는 풀모기, 숲모기, 아디다스 모기라고 불리는 모기가 있다. 현관문을 열고 닫을 때, 모기는 보디가드처럼 내 곁에 바짝 붙어 들어와서는 갑자기 돌변해 나를 콱 깨문다.

제주는 가을이 와도 모기가 팔팔하다. 숲모기는 일반 모기와 달리 독이 강해 훨씬 가렵고, 긁으면 심하게 붓는다. 처음에 물린 곳이 풍선처럼 부어 응급실에 가야 하나 고민할 만큼 아팠다.

숲모기와 세월을 나눈 지도 벌써 8년. 이제는 모기에 물리면 그냥 가만히 둔다. 딱 5분 정도만 손대지 않고 참으면 언제 그랬냐는 듯 가라앉는다.

누군가 나를 콱, 물었을 때도 가만히 있어야겠다고 생각했다. 물릴 수 있다. 중요한 건 그 다음이다. 긁을수록 덧나 아프고 치유가 더뎌진다. 물려도 대수롭지 않게 넘어가기. 처음만 꾹 참으면 다 지나간다. 무엇보다 내가 덜 다친다.

10월 13일

제주에 살다보니 운전 습관도 조금 변했다. 나는 속도를 낼 수 있는 곳에서는 쌩쌩 달리는 편이다. 그런데 제주에서는 운전하면서 고려할 것이 많다. 노루, 야생동물, 까치, 나비, 길냥이, 강아지… 이 모든 것을 도로에서 만나기 때문이다. 나비가 달리는 차로 날아들 땐 브레이크를 밟아 속도를 줄인다. 길냥이가 도로를 건널 수 있도록 늘 도로 옆을 주시한다. 상대를 다치게 하는 일이 없도록 마음을 쓴다. 함께 살아가기 위해 속도를 줄인다.

10월 14일

미국 소설가이자 에세이스트인 마가렛 애트우드(Margaret Atwood)의 소설 《Penelopiad(페넬로피아드)》 속 문장을 포스트잇에 적어 벽에 붙였다.

"물은 저항하지 않아. 그저 흘러가. 물은 단단한 벽이 아니라서 너를 막지 못해. 하지만 물은 자기가 원하는 곳으로 가고 말지. 무엇도 그것을 막을 수 없어. 물은 인내심이 강해. 떨어지는 물은 바위마저 닳게 하거든. 기억하렴. 너의 반은 물이라는 것을. 장애물을 통과할 수 없다면 돌아서 가. 물이 그러하듯이(Water does not resist. Water flows. Water is not a solid wall, it will not stop you. But water always goes where it wants to go, and nothing in the end can stand against it. Water is patient. Dripping water wears away a stone. Remember that, my child. Remember you are half water. If you can't go through an obstacle, go around it. Water does)."

10월 15일

제주는 온통 메밀꽃밭이다. 하얀색과 초록색이 어우러진 메밀밭, 여기에 돌담 너머 바다 풍경이 더해지면 차를 멈추고 가만히 서서 바라보게 된다. 카메라를 들이대보지만 역시 눈으로 보는 만큼 예쁘게 담기지 않는다. 그래, 때로 마음으로만 담을 수 있는 풍광이 있는 거니까.
제주에서는 청보리를 심은 자리에 메밀을 심었다가 계절을 건너 다시 청보리를 심기도 한다. 둘 다 식량이 되는 작물인데 이렇게 예쁘기까지 하다니. 열매가 되기 전에는 사람들에게 보는 기쁨을, 추수한 뒤에는 먹는 기쁨을 주는 청보리와 메밀. 자연은 늘 나보다 앞서 있다.

10월 16일

외출할 일이 없어도
기분이 가라앉을 때면
샤워를 한다.

☾

10월 17일

나는 일을 벌이는 스타일이다. 그리고 강한 추진력으로 프로젝트를 밀어붙인다. 다 좋은데, 에너지를 심하게 몰아서 쓰기 때문에 스스로 브레이크를 걸지 않으면 금방 번아웃이 온다. 수많은 번아웃을 겪고 난 뒤에야 브레이크 거는 방법을 깨달았다.
첫 번째 브레이크는 선택과 집중하기다. 이것저것 다 하고 싶을 때, 가지치기를 한다. 어차피 다 못하기 때문이다. 두 번째 브레이크는 목표가 나를 힘들게 할 때 언제든지 그만둘 수 있다고 생각하는 것이다. 내가 행복하지 않으면 어떤 비장한 목표가 있다 하더라도 의미가 없다. 목표가 나를 끌고 가게 놔둘 수는 없다. 어떤 일이든 끌고 가는 주체는 나다. 그렇게 하려면 내가 행복해야 한다.

☾

10월 18일

시간을 아껴두는 습관을 들이기 시작했다. 잔돈 모아 큰돈을 만드는 것과 비슷한 이치다. 사람이 쓸 수 있는 에너지는 한계가 있다. 아주 작고 사소한 일도 겹겹이 쌓이면 큰 에너지를 요하는 일이 된다. 그 모든 일은 '해야 하는 일'이 되어 결국 스트레스가 될 게 뻔하다.

설거지, 책상 위 청소, 자동차 기름 넣기 등 사소한 일들을 그때그때 한다. 사용한 물건은 바로 그 자리에 다시 가져다 놓는다. 그렇게 나의 시간을 아껴둔다.

☾

10월 19일

사소한 시간을 아끼는 나만의 꿀팁 하나. 식사를 준비하고, 먹고 치우다 보면 냉장고 문을 수차례 여닫게 된다. 그래서 나는 식재료를 꺼내 손질한 뒤 다른 걸 꺼내려고 다시 냉장고 문을 열 때 손질한 식재료를 냉장고에 넣는다. 냉장고로 향하는 손에도 뭔가가 들려 있고, 냉장고를 닫을 때 내 손에도 뭔가 들려 있다. 냉장고를 한 번 열 때 두 가지 일을 동시에 한다.

화장실 갈 때도 마찬가지다. 일부러 쓰레기통을 비우러 화장실에 들어가지 않는다. 샤워를 한 뒤 쓰레기통이 차 있으면 갖고 나오는 식이다. 한 번 몸을 움직일 때 여러 가지 잡일을 동시에 해버린다. 그러면 그 잡일을 하기 위해 따로 시간을 쓰지 않아도 되니 정말 효율적이다.

✶

10월 20일

슬슬 번아웃이 올 것 같다. 내 번아웃은 두 가지 문장으로 온다. '내가 무슨 부귀영화를 누리겠다고', '왜 이렇게 사서 고생을'.

오늘은 잠시 일에서 손을 놓았다. 부귀영화까지는 못 누려도 내가 만족할 수 있는 건 어느 정도일까. 고생한다고 느끼지 않고 일할 수 있는 정도는 어디까지일까. 이 질문에 대해 고민하며 완벽을 향해 달려가던 마음을 잡아매어 놓는다. 애쓰고 분주해 돌보지 못하고 불에 데인 상처처럼 부풀어 오른 마음의 흥분을 가라앉힌다. 나를 다독인다. 지금까지 애썼으니 조금 쉬자. 이렇게 열심히 하지 않아도 괜찮다고. 어떤 경우에도 불행하다고 느끼는 일은 하지 말자고.

+)

10월 21일

한창 일에 몰두할 때 "좀 즐기면서 해"라는 말을 종종 들었다. 그 말은 언제나 모래알처럼 까슬까슬했다.

'어떻게 일을 즐기면서 해. 죽기 살기로 해야지. 그래도 될까 말까인데.'

늘 그렇게 생각했다. 그런데 오늘, 문득 그런 생각이 들었다. 업무 일정을 잡으면서 서울에 가느냐 마느냐를 놓고 고민 중이었다. 교통비, 체류비 등 나가야 하는 비용과 얻을 수 있는 것들을 숫자로 적어 내려가다 어른들이 했던 말이 생각났다.

"즐기면서 해."

원래 내 성향과는 반대로 결정해보면 어떨까. 전 같으면 비용 대비 효율을 따져 갈지 말지를 정했을 텐데, 효율 따지지 말고 이 기회에 여행 간다고 생각하자. 온갖 숫자로 도배된 효율을 걷어내니 빈자리가 보였다.

10월 22일

남편이 슬슬 내 표정을 살핀다. 내가 번아웃 직전인 걸 눈치챈 것 같다. 자꾸 동남아 음식을 먹으러 가잔다. 태국이나 베트남 음식은 내 힐링푸드다. 맛있는 팟타이(볶음국수)나 분팃느엉(비빔국수), 반미 샌드위치를 먹으면 정말 기분이 좋아진다.

집에서 일하고 있는데 남편이 새로 발견한 베트남 식당 링크를 보내왔다. 남편은 동남아시아 음식 향을 굉장히 싫어한다. 하지만 축 처진 아내를 둘러업고 식당에 간 우리 남편. 그 마음이 고마워 팟타이를 시켰는데 식당 주인이 와서 넌지시 말한다.

"이거 매워요."

메뉴를 보니 이름은 팟타이인데 레시피를 맘대로 만든 볶음우동이었다. 나를 보는 남편 눈빛이 불안하다. 얼굴에 '낭패'라고 써 있다. 아, 정말 낭패였다.

10월 23일

10월 24일

〈윤식당〉과 〈스페인 하숙〉을 번갈아 보기로 한다. "즐기면서 해"의 답을 얻을 수 있을 것 같아서다. 처음에 TV 속 배우들은 도무지 '열정'이 없어 보였다. 손님이 오면 오는 대로 없으면 없는 대로 환경에 순응한다. 손님이 없으면 회의라도 해서 뭔가 적극적인 마케팅을 해야 하지 않나? 하지만 TV 속 배우들은 달랐다.

그런데 신기했다. 왜 나는 그들이 부러운 걸까?

그들에겐 내공에서 우러나오는 여유가 있다. 내 마음대로 되지 않는 상황을 받아들이고 즐기고 있다. 어쩌면 이 프로그램의 취지는 K푸드를 전 세계에 알리는 게 아니라 어차피 세상일은 내 맘대로 되지 않으니 그저 현재를 천천히, 최선을 다해, 즐겨라, 일지도 모르겠다.

·●·

10월 25일

청춘이 지나가고 나니 조금씩 신체 기능이 떨어지고 에너지가 금세 소진된다. 그래서 뭘 하든 조금씩 느려진다. 산책할 때 보폭이나 속도도 줄이고, 밥 먹는 시간도 오래 둬야 탈이 나지 않는다.
근데 이상하게 빨라진 게 하나 있다. 슬픔, 애틋함, 긍휼한 마음이 물드는 속도다. 이를테면 왈칵 쏟아져 나오는 눈물 같은 것.

10월 26일

어쩌면 '되고 싶다'는 희망의 말이야말로 가장 깊은 절망을 불러오는 말이 아닐까. 희망이라는 포장을 두른 냉정한 불만 혹은 서글픈 낙담.
뭔가 되고 싶다는 건 현재 내 모습에 만족하지 못한다는 말이니까. 꼭 뭔가가 되어야 한다면 매 순간 온전한 내가 되자. 나는 내가 되고 싶다.

10월 27일

〈유 퀴즈 온 더 블럭〉에 출연한 꿀벌 수의사의 인터뷰를 봤다. 평생 일만 열심히 하는 꿀벌의 인생은 신기했다.
꿀을 채집하기 위해 벌이 날아다니는 거리를 합치면 지구 네 바퀴 정도라고 한다. 꽃이 한창인 5~6월에 일만 하는 여름 벌은 수명이 4~6주 정도, 가을에 태어나 겨울을 지나느라 활동이 적은 벌은 최대 6개월 정도 산다.
에너지 총량의 법칙은 정말 있다. 조금씩 조금씩 에너지를 나누어 쉬엄쉬엄 일하며 살기로 한다. 겨울 꿀벌처럼 나를 아끼자. 여름 벌이 되지 말자.

☾

10월 28일

곽지 해수욕장으로 드라이브를 갔다. 한때 우리가 살던 집은 싹 뜯어내고 인테리어를 다시 해 근사한 해변가 주택이 되어 있었다. 옆 땅에는 주인 할머니가 코로나 때 갑자기 돌아가시는 바람에 그 땅을 손자가 물려받아 3층짜리 건물을 지었다. 할머니는 맨날 아끼시기만 하고 저렇게 남 좋은 일(물론 남은 아니다)만 하셨구나. 우리가 가끔 사다 드린 제과점 빵을 무척이나 좋아하시던, 우리에게 고구마 같은 작물을 파시며 알뜰히 돈을 모으신 할머니. 옆 동네 귀덕에 몇천 평 밭을 가진 땅 부자. 주인이 사라진 모든 소유물은 생명력을 잃고 그저 남은 사람들이 나누는 유산 리스트에 올랐을 뿐이다.
나는 남 좋은 일은 시키지 말아야지. 먹고 싶은 거 먹고 즐기며 살아야지. 나 좋은 걸 해야지.
삶에 대해 다시 생각해본다.

10월 29일

나에게 오는 번아웃을 분석한 결과, 두 가지 패턴을 알아냈다.
하나, 해야 할 일이 과도하게 많은 경우다. 나이가 들어간다는 걸 인식하지 못하고 예전에 하던 대로 일의 양을 유지했을 때다. 이런 경우는 바로 일을 줄인다. 중요하지 않은 순서대로 일을 가지치기 한다.
둘, 많이 애쓰고 노력했는데 결과가 좋지 않을 때다. 이 경우에는 조금 시간을 갖고, 애쓰느라 고생한 나를 치하한다. 근사한 저녁을 먹거나 갖고 싶었던 걸 선물한다. 훌쩍 여행을 떠나는 것도 좋다. 시간을 보낸 뒤 서운한 마음을 묻어두고 기다리기로 한다. 이 일은 언젠가 어떤 방법으로든 드러나고 빛나게 될 거라고. 단지 숙성하는 시간이 필요할 뿐이라고, 다독인다.

✦

10월 30일

협업하게 되길 기다리는 프로젝트가 있다. 오랜 시간 준비했는데 마지막 단계에 멈춰 있다. 공은 상대편으로 넘어간 상태. 나는 두 달째 답을 기다리는 중이다. 지금 뭔가를 기다리며 인내의 시간을 보내는 사람이 나 혼자만은 아니겠지.
세상은 기다리는 것으로 가득 차 있다. 비행기가 도착하기를, 전철이 오기를, 아빠가 퇴근하고 오기를, 첫눈이 내리기를, 사랑하는 사람을 만나기를, 아픈 몸이 낫기를, 아이가 태어나기를, 상대로부터 '좋아'라는 대답을 듣기를… 우리는 기다린다. 나의 이 기다림도 수많은 기다림 중 하나고, 모든 사람이 겪고 있는 일 중 하나일 뿐이야. 토닥토닥 나를 위로한다.

10월 31일

이제 할로윈은 늘 마음이 체한 것처럼 먹먹한 날로 기억되겠지. 원래도 할로윈을 좋아하지 않았지만 이제는 더욱더.

NOVEMBER

11월

11월 1일

혼자 묵묵히 뒷마당에서 꽃을 피우고 열매를 맺은 뒤 빨갛게 익어준 우리 감나무. 고마워.

·☽

11월 2일

나는 타고난 목적주의자다. 목표에 따라 시간을 계획하고 삶을 운영하는 성향이 내 DNA에 새겨져 있다. 도저히 나른하게 살 수 없는 인간형이다.
에메랄드빛 바다도 제주 우리 집 근처에 있고, 친구가 선물한 우쿨렐레도 집에 있는데. 딩가딩가 연주하고 망고주스나 마시며 행복해할 운명은 아니다. 그래서 더 의식적으로 노는 데 힘쓰려고 한다. 특히 이런 번아웃 시즌에는 좀 쉬어야 한다.

11월 3일

마을의 무료 사진 촬영 행사에 와달라는 지인 연락을 받았다. 남자는 턱시도를, 여자는 드레스를 입고 전문가 선생님이 해주는 메이크업도 받을 수 있다. 찍은 사진은 마을 현수막이나 SNS 등에 올릴 예정이란다. "저는 괜찮아요" 하고 정중하게 거절하는데 상대방이 내 말을 이해하지 못한다. '무료로 사진을 찍어주는데 왜 이런 기회를 마다하느냐'는 투로 화를 냈다. 어떤 사람에게는 절호의 기회지만 어떤 이에게는 하기 싫은 일일 수 있는데.

아우렐리우스가 한 말을 되새겨본다.

"오늘 내가 만날 사람들은 내 일에 간섭할 것이고, 고마워할 줄 모를 것이며, 거만하고 정직하지 않고 질투심 많고 무례할 것이다. 하지만 그들 중 누구도 나를 해칠 수 없다."

나는 해를 입지 않았으니 그 사람을 미워할 이유도 없다.

11월 4일

·●·

11월 5일

남편에게 인스타그램 사용법을 조금씩 가르쳐주고 있다. 학교에 처음 간 아이처럼 집중하며 듣는 모습이 무척 귀엽다.
남편은 세계사 연도, 역사, 맹자, 공자를 줄줄줄 외우는 사람이고, 나는 실용적인 것 말고는 하나도 모른다. 우리는 서로 아는 것이 참 다르다. 그래서 서로 아는 것을 존중하고 돕는다. 타인과 대화할 때도 남편과 쌓은 경험이 많은 도움이 됐다. '어떻게 이것도 모르지?' 할 수 있는 순간에 한 번 멈칫하고 판단을 유보한다.
내가 아는 것과 타인이 아는 것의 범위가 다르다는 걸 인정하면 서로 존엄을 해치지 않는다. 이 말을 늘 기억하려고 노력한다. 하나를 모르는 사람은 다른 하나를 알고 있다는.

11월 6일

미국 목사인 조이스 마이어(Joyce Mayer)가 말했다.
"인내란 단순히 기다릴 줄 아는 능력이 아니라 기다리는 동안 어떻게 행동해야 하는지 아는 것"이라고.

11월 7일

적당히 열심히 적당히 느슨한 정도의 열정으로, 내가 편안함을 느끼는 정도의 속도로 오랫동안 꾸준히 하고 싶은 일을 하며 사는 게 목표다. 오래된 배터리는 아무리 충전해도 금방 방전되듯, 이제 나의 배터리도 쉬이 에너지를 잃는다는 걸 안다. 나에게 문제가 생긴 게 아니라 그저 세월이 흘렀을 뿐이다.

지금 가지고 있는(혹은 남은) 열정을 잘 유지하고 살아가려면 나를 채근해선 안 된다. 안 되는 걸 되게 하라며 극복하고 한계를 뛰어넘을 것을 요구하지 않는다. 스스로 쓰고 있는 공포의 빨간 모자를 벗고 나를 다정하게 안아준다. 지금 이대로의 내 모습을 존중한다.

☾

11월 8일

겨울을 대비해 보일러에 등유를 넣는 날이다. 며칠 전에 국제 기름값이 올랐다고 해서 주유소에 바로 전화를 걸었다. 한 드럼에 32만 4,000원이란다. 분명 작년에 17만 원 정도였는데 두 배나 올랐다. 이렇게 오를 줄 알았으면 작년에 가득 채워놓는 건데. 떨어질 줄 알고 기다리다 낭패만 봤다.
주유소에 전화해 약속을 잡으면 기름을 실은 작은 주유트럭이 집으로 온다. 기름통이 어디 있는지 묻지도 않고, 주유호스를 풀어 집 뒤쪽으로 총총 걸어가시는 아저씨. 혼자 알아서 등유를 채우신 뒤 밖에서 나를 부르신다. 결제하라는 소리다.
내가 외부에서 일하느라 집에 없을 때는 알아서 넣고 가신다. 나중에 주유소에 가서 결제하면 끝. 시골에 살면 이런 게 좋다. 뭔가 서로 조금씩 곁을 내어주며 사는 느낌이랄까. 정감이 있다.

☾

11월 9일

나는 꾸준히 하는 사람이 아니다. 관심과 열정을 초반에 와락 쏟아붓고, 미지근해진 호기심을 털어내고 뒤도 안 돌아보고 멀어지는 스타일이다. 카메라, 캘리그래피, 재봉틀, 검도… 집에는 그 잔해들이 전쟁의 상흔처럼 차곡차곡 쌓여 있다. 그나마 유일하게 꾸준히 하는 일은 글쓰기다. 기자 시절부터 꽤 오랫동안 글을 만들어내는 자리에 머물러왔다.

작업실을 정리하는 바람에 집이 작업실이 됐다. 문제는 여기부터다. 룰을 정하지 않으면 경계가 모호해지기 때문이다. 영감이 막 솟는다고 책상 앞에 오랫동안 앉아 있지 않기로 한다. 헤밍웨이도 그랬으니까. "작가란 우물과 같아서 우물이 마르도록 물을 다 퍼내고 물이 차기를 기다리기보단 규칙적인 양을 퍼내는 게 낫다"고.

오래 하려면 나를 아껴야 한다.

✶

11월 10일

되도록 자랑하지 말 것, 불평은 더욱 하지 말 것.

11월 11일

영화 <나는 내일, 어제의 너와 만난다>를 봤다. 시간이 거꾸로 흐르는 여자의 사랑 이야기다. 물에 빠진 다섯 살 남자아이를 서른다섯의 여자가 구한 뒤, 둘은 15년 후에 스무 살로 만나 사랑하는 사이가 되고, 남자의 서른다섯에 여자는 다섯 살 아이가 된다. 여자는 남자에게 들은 둘의 과거(여자에게는 미래)의 이야기를 기록한 뒤 그 기록대로 살아낸다.

미래의 나를 상상해본다. 나는 무엇이 되어 있을까. 아니, 무엇이 되어 있지 않아도 좋다. 미래의 나라면 지금의 나에게 무슨 조언을 해줄까. 다이어리에 어떤 이야기가 쓰여 있을까.

많이 보고 많이 경험할 것, 너무 애쓰지 말 것, 너무 아끼지 말 것, 바쁠 때일수록 잠시 멈춰 현재를 즐길 것, 좋은 친구를 옆에 둘 것, 늘 기록할 것.

이런 것들이 아닐까.

11월 12일

〈라곰〉이라는 잡지 창간호를 다시 펴 읽는다. 스웨덴어인 '라곰(Lagom)'은 '많지도 적지도 않은, 딱 적절한'이라는 뜻이다. 스웨덴 사람들 삶의 철학인데 절약하고 가진 것에 만족하면서 삶을 설계한다는 의미다. 잡지에 나온 사람들 인터뷰를 읽으며 내 삶을 한 번 돌아본다. 욕심내지 않고 절제된 삶을 살고 있는지. 다소 절제되어 있지만 즐거울 수 있는 루틴을 만들고, 그걸 잘 실천하고 있는지도 체크한다.
내게 있어 '라곰'은 소비뿐만 아니라 인간관계에도 해당된다. 현재 가진 것에 만족하고, 주위 사람들에게 만족하고, 있는 그대로의 내 모습에 만족하며 오늘의 삶을 설계하고 살아가는 것. 오늘 나는 행복하다.

11월 13일

"인생 후반은 그동안 들인 습관으로 결정된다."
도스토옙스키가 말했다. 인생 후반의 행복을 위해 지금부터 할 일은 습관을 잘 들이는 일이다. 어떤 몸과 마음의 행위가 몇 회성 이벤트로 끝나지 않고 정말 습관이 되려면 적어도 1~2년의 트레이닝이 필요하다. 일단 버리고 싶은 습관과 들이고 싶은 습관을 적는다.
버리고 싶은 습관은 다리 꼬고 앉기, 손으로 입술 뜯기, 차에 주유등이 들어오고도 한참 더 타기, 경솔하게 행동하기 등이다. 들이고 싶은 습관은 꾸준히 운동하기, 저녁 6시 이후에 일하지 않기, 집에 들어갈 때 신발 가지런히 놓기, 선불리 판단하지 않기다.

11월 14일

11월 15일

남자는 귀여우면 끝이라는 말은, 진리다.

11월 16일

플레이 리스트를 만든다. 음악을 좋아해 자주 듣는 노래가 많은데, 조금 더 디테일하게 카테고리를 정리해보기로 했다. 마음껏 우울하고 싶은 순간, 힘을 내고 싶을 때, 창밖을 바라보며 멍때릴 때 등 마음을 어루만지는 음악을 따로 담아놓는다. 운동할 때, 빨래 갤 때, 싱크대와 화장실 구석구석을 청소할 때… 리추얼한 습관도 음악에 담아본다.

좋아하는 일을 꾸준히 하기 위해 음악과 함께 걷는다. 해야 하는 일을 행동에 옮길 때도 음악의 힘을 빌린다. 음악과 루틴의 주파수가 맞으면 음악이 나를 업고 걸어가준다. 내 몸이 움직이도록 돕는다. 음악이 나를 응원해주고 나를 지켜준다. 내가 지킨 약속이 나를 지켜주듯.

☾

11월 17일

제주에 살아 좋은 점 중 하나는 이동하는 길에 예쁜 포토 스팟을 종종 발견한다는 것이다. 얼마 전 한라산에서 내려오다 발견한 숲길에 다시 가서 사진을 찍었다. 여행과 일상의 경계가 도드라지지 않아 어찌 보면 다이내믹한 제주살이.

☾

11월 18일

인친님이 보내준 전정 가위로 나뭇가지 하나를 잘라본다. 날이 잘 서 있어 힘들이지도 않았는데 사각, 하는 소리와 함께 가지가 툭 제 몸에서 떨어진다. 내가 가위라면 날이 잘 선 가위였으면 좋겠다.

☾

11월 19일

✦

11월 20일

행복이 다른 곳에 존재하는 거라면 그걸 찾으러 다니느라 시간을 다 써버리겠지. 그리고 아쉬워할 거야. 차라리 그냥 바닷가에 자리를 펴고 네 무릎을 베고 누워 있을 걸. 너와 내 마음이 맞닿는 안온함 속에 분명 행복이 있었을 테니까. 매일매일 네 무릎을 베고 너를 쓰다듬는 것만으로도 나는 평생 행복할 테니까.

11월 21일

현재 누릴 수 있는 행복을 미뤄 저장해놓은 뒤 나중에 큰 행복을 누리겠다고 생각하는 건 어리석은 일이다. 아무리 거대한 행복이라도 기쁜 순간은 한 번이며 그리 오래 지속되지도 않기 때문이다.
그냥 작은 행복 조각들을 매일 누리며 기쁨을 덧붙여나가는 게 인생을 아름답게 이어나가는 길이다.

11월 22일

나는 나를 예의 없이 대하는 사람과 인연을 지속하지 않는다. 아무리 대단한 인물이어도 나를 함부로 대하는 사람과는 관계를 끊는다. 한 끼를 대충 때우는 것도 좋아하지 않는다. 스스로를 홀대하는 것 같아서다. 가성비로 물건을 구입하지 않고, 나를 좋아하지 않는 사람의 마음에 들기 위해 굳이 애쓰지도 않는다.
나를 행복하게 만드는 사소한 것들을 많이 갖는 것만큼 나를 행복에서 멀어지게 만드는 습관들을 버리는 것도 중요하다. 이를테면 나를 향해 함부로 내뱉는 말을 품는 습관 같은 것. 나쁜 것들을 치우는 것만으로도 행복이 가까이 온다.
철학자 피에르 상소(Poerre Sansot)가 말했다.
"나는 행복의 본질이 무엇인지 잘 모르나 무엇이 나로 하여금 그 행복에서 벗어나게 하는지는 잘 알고 있다."
나도 그것들을 더 찾아봐야겠다.

☽

11월 23일

남들은 집 평수를 늘려 이사를 간다는데, 나는 갈수록 집 평수를 줄여 이사를 가고 싶다. 남편과 나, 이렇게 단출한 두 식구인 데다 남편은 작업실이 따로 있어 우리가 집에서 사용하는 공간은 그리 많지 않다. 지금은 침실, 드레스룸, 거실 이렇게 세 개의 큰 덩어리로 구획된 곳에서 살고 있지만 침대 하나 딱 들어가는 크기의 방 하나와 붙박이로 깔끔히 정리된 거실만 있다면 드레스룸 없이도 살 수 있을 것 같다. 집 크기가 줄면 청소하고 관리해야 하는 범위도 줄어드니 몸이 편하다. 여기저기 물건을 쟁이고 숨어 있는 물건을 찾느라 고생하지 않아도 된다. 아낀 에너지를 차곡차곡 모아 다른 데 쓸 수 있다. 내가 생각하는 2인 가구 집 크기는 실평수 10~15평 정도. 나중에 집을 짓더라도 여기서 크게 벗어나고 싶지는 않다.

11월 24일

온 동네가 주황색으로 물들었다. 제일 먼저 출하하는 극조생을 선두로 조생, 만생, 천혜향, 황금향, 한라봉 등 시트러스 작물이 밭에서 대기하고 있다. 집 앞 귤밭에서 귤 따는 아주머니들 시끌벅적한 소리가 창문 너머로 들린다.

제주 어멍들의 노동 에너지는 대단하다. 봄에는 고사리 꺾고, 중간중간 쑥 따고, 옥수수 심고 따고, 마늘 심고 따고, 귤도 따고. 거의 쉬지 않는다. 특히 바다에서 물질도 하고, 밭일까지 하는 해녀는 대단하다. 그보다 더 대단한 건, 아내를 바다로 보내놓고 기다리는 동안 술 한잔하며 풍류를 즐기는 남편들이다. 아내가 생과 사를 오가며 바다에서 물질해 온 전복과 뿔소라를 들어다가 트럭에 옮기는 게 남편들의 임무다. 그들을 보며 깨닫는다. 인생은 저렇게 살아야 하는 거였다고.

11월 25일

신생아들은 엄마가 눈에서 사라지면 존재하지 않는다고 여긴다. (그래서 손으로 얼굴을 가렸다가 '까꿍' 하고 나타나면 그렇게 자지러지게 웃는 것이었군). 일정 나이가 되어서야 엄마가 잠시 자리를 비우거나 출근해 눈 앞에서 사라지더라도 자기를 사랑해주는 엄마는 여전히 '존재'하는 걸 인지한다고 한다. 아기에게 사랑은 존재의 인식이다.

다 자란 어른의 관계에서도 똑같다. 사랑이 소중한 이유는 서로의 존재를 끊임없이 인식시켜주기 때문이다. 눈에 보이지 않아도 든든한 내 편이 있다는 사실만으로도 사랑은 충만해진다.

11월 26일

미리 따뜻하게 데워놓은 온수 매트 온도를 38도로 고정하고, 창문을 조금 열어 시원한 바람이 들어오게 한다. 그리고 덕다운 이불 속으로 첨벙, 들어간다.
노곤하게 매트 위로 풀어지는 몸 위에는 온기를 가둬주는 오리털이 있고, 나는 얼굴만 빼꼼 내민 채 신선한 공기를 마신다. 겨울 산에서 캠핑을 한다면 이런 느낌 아닐까. 코끝이 살짝 시릴 정도의 상태로 잠을 자고 나면 그렇게 좋을 수가 없다.

11월 27일

파스칼이 이렇게 말했다.

"인간의 모든 불행은 단 한 가지, 고요한 방에 들어앉아 휴식할 줄 모르는 데서 비롯된다."

오늘 나는, 불행을 하나 없애보기로 한다.

11월 28일

겨울인데도 따뜻한 제주
쉽게 뜨겁거나
차가워지지 않아
섬은 늘 유연하게 흐르지
내 삶도 섬과 같으면 좋겠다는
생각을 했다.

☾

11월 29일

지금이라도 그림을 제대로 배워야 하지 않을까? 이 질문은 내 안에서 끊임없이 계속된다. 이런 나를 보고 남편은 말한다.

"생각하고 있는 걸 표현할 수 있는 정도의 그림 실력이면 돼. 중요한 건 그림의 퀄리티가 아니라 내용이니까."

그렇다. 나는 화가(畵家)가 되고 싶은 게 아니라 이야기를 하는 화가(話家)가 되고 싶다.

잘 가는 것 같아도 조금만 곁눈질하면 금세 내 방향이 휘청거린다. 그 곁눈질은 비교에서 온다. 화려한 일러스트레이터의 멋진 그림을 보고 나면 내가 아이패드에 쓱쓱 그리는 건 장난같이 느껴진다. 하지만 이런 생각이 들수록 시선을 다시 가져온다. 이야기를 만드는 데 더 집중하자고. 이야기를 더 잘 풀어나가기 위해 꾸준히 그리다 보면 그림은 조금씩 더 좋아질 거라고.

✦

11월 30일

내가 그리는 그림은 복잡하지 않다. 얼굴과 표정, 그리고 제스처를 하는 손과 상체, 중요한 오브제 정도. 이야기를 표현할 수 있는 핵심만 그린다. 선택과 집중인 셈이다.
내가 살고 있는 인생, 살아가야 할 인생도 별반 다르지 않다고 생각한다. 내 세계 안으로 들어오는 다양한 것들이 있지만 갖고 가야 할 것들만 취사선택해 조금 더 다정한 마음으로 살뜰히 보살핀다. 극히 일부의 인간관계, 물건, 일. 나머지는 그냥 나와 함께 흘러가는 것들이다. 내가 정성스럽게 보살핀 것들이 결국 나를 지켜줄 것이다.

DECEMBER

12월

12월 1일

11월 31일이라고 쓰려다 주먹을 쥐고 달 수를 세어본다. 툭 튀어나온 관절은 31일, 안으로 쏙 들어간 관절은 30일. 둘째 손가락부터 새끼손가락까지 등산하듯 산을 오르내리며 한 달 한 달 세어본다.
새끼손가락은 7월, 8월 두 달 역할을 한다. 그렇게 날수를 세어보니 11월은 30일밖에 없는 달이네. 날짜 세는 법을 누가 개발했는지, 정말 똑똑하다.

·)

12월 2일

가을 제주는 억새로 뒤덮인다. “제주는 단풍이 그다지 예쁘지 않아도, 억새가 있어 너무 좋아요”라고 말했다가 “제주 가을이 전국에서 제일 예쁘다”며 내 말에 발끈했던 어느 여행사 대표 얼굴이 떠오른다.
나는 가을엔 온통 노란색으로 물드는 은행나무와 울긋불긋한 단풍나무를 보고 자란 서울 사람이라 그렇다. 그런 걸 그렇다 말해야지 거짓으로 추앙할 수는 없다.
실제로 제주 억새는 정말 예쁘다. 사계절 내내 초록빛인 제주 시내를 벗어나 도로를 달리다 보면 곳곳이 황금빛 물결로 빛난다. 지금은 초가지붕을 얹지 않으니 쓰임새는 줄었지만 햇빛을 받아 반짝이는 모습은 매번 마음을 머물게 한다. 아니, 어쩌면 억새는 원래 이렇게 가을 감성을 풍요롭게 하는 쓰임새를 타고났는지도 모르겠다.

12월 3일

옆집 할머니는 마당이 더럽혀지는 걸 싫어한다. 잡초나 잔디가 나는 것도 싫어해 아예 200평 마당 전체를 시멘트로 발랐다. 우리 집과 옆집은 돌담 하나로 구분되어 있는데, 우리 집 돌담 바로 옆에 붙어 옆집까지 넘어간 감나무가 할머니 심기를 늘 건드렸다. 빨갛게 달아오른 감을 새들이 쪼아 먹고, 그 자리에서 배변까지 하기 때문이다. 더러워진 바닥을 치우느라 지친 할머니가 마당에 나와 있는 나를 부르셨다. 나무를 좀 잘라 달라고. 그간 가지치기를 많이 했는데도 성에 안 차신 모양이다.

남편에게 할머니 말을 전달하고선 밥 먹고 일하다 잠깐 마당에 나갔는데, 세상에! 감나무가 목이 댕강 잘린 것처럼 기둥만 남아 있었다. 이걸 화끈하다고 해야 하나. 어쨌든 환하게 웃을 할머니 얼굴이 떠올랐다.

12월 4일

부엌 창에서 집 건너편 귤밭에 있는 감나무가 보인다. 새벽부터 요란한 새들 노랫소리. 이름 모를 여러 종류 새들이 와서 빨갛게 익은 감 하나를 쪼아 먹는다. 한 마리가 배불리 먹고 날아가면 근처에서 기다리고 있던 새가 날아와 식사를 한다. 그런 식으로 한참 먹고 나면 새들이 어느새 다 사라져 있다.

왜 새들은 맛있는 감을 독차지하기 위해 그 자리를 지키지 않을까. 며칠은 먹을 수 있는 양식이 눈앞에 있는데, 먹을 만큼 먹고 훌쩍 날아가버리는 새들의 습성이 신기했다.

자유로운 새처럼 살고 싶다는 뜻은 여기저기 옮겨 다니며 산다는 말이 아니었구나. 소유보다는 함께 공유함으로 더 큰 자유를 얻는 삶. 욕심내지 않아도 살아진다는 걸 본능적으로 아는 새처럼 그렇게 살고 싶다는 게 아니었을까.

12월 5일

보온 물주머니와 남편으로 겨울을 난다.

12월 6일

타인에게 너그럽게 대하려고 노력하는 편이지만 선을 넘는 사람에게는 단호하다. 어렸을 때는 '배려', '착함'을 품고 살아가야 한다고 배웠는데 기자가 되어 내 가치관을 흔드는 충격적인 장면을 목격한 뒤부터다.

신문사에 다닐 때 일이다. 기자 선배가 '기사를 킬하라(취재하지 말라)'는 지시를 받고 국장 앞에 섰다.

"국장, 이건 아니죠!"

줄잡아 스무 살은 차이 나는 사람에게 아닌 건 아니라고 말하는 모습에서 나는 경외감을 느꼈다. 아, 그 어떤 순간에도 지킬 수 있는 신념이 있다는 건 이렇게 쿨하고 멋진 것이구나.

☾

12월 7일

나는 내 기질, 즉 성향이나 성격처럼 바꿀 수 없는 것을 억지로 바꾸려고 노력하지 않는다. 물론 나도 맘에 들지 않는 기질이 있다. 하지만 원래 주어진 내 모습을 인정하고 만족하며 살려고 노력하는 게 최선이라고 생각한다. 대신 약점을 가릴 수 있게 강점을 좀 더 드러내는 편을 택한다.

인간은 모두 결점투성이다. 유명인이나 공인, 거장 들도 결점이 많다는 걸 인터뷰 등에서 숱하게 봐왔다. 그들은 강점을 부각시키며 그 모든 폭풍을 헤쳐 나갔다. 그들은 여전히 영향력 있는 사람들로 남아 있다.

☾

12월 8일

헨리 데이비드 소로(Henry David Thoreau)는 "가장 효율적인 노동자는 하루를 일거리로 가득 채우지 않으며 편안함과 느긋함에 둘러싸인 채 일에 몰두할 것이다. 일을 많이 하는 사람은 열심히 하지 않는다"고 말했다.

☾

12월 9일

길을 걷는데 누군가 부엌에서 쓰는 신선팩 한 통을 들이민다. 모델하우스에 잠깐 들어가기만 해도 준단다. 우리 집 부엌 서랍에 있는 롤 비닐 세 통이 떠올랐다. 무료로 나눠주는 선물은 나에게 필요해 보이지 않았다. 더구나 모델하우스에 구경을 가려고 했다면 모를까. 그걸 받기 위해 내 시간을 쓰는 건 바보같은 일이다.

괜찮다는 인사를 하고 가던 길을 간다. 판단과 결정의 힘은 이렇게 차곡차곡 쌓인다. 이런 게 꾸준히 쌓이면 나는 나에게 필요한 것, 좋은 것은 받아들이고 그렇지 않은 것은 가려낼 힘이 생긴다. 그리고 결정적인 순간에 그 힘은 꽤 유용하다.

✦

12월 10일

“제주는 겨울이 시작되면 바람이 바뀌어. 북풍이 불어오거든.”

제주 원주민 어른이 해주신 말이다. 입도한 지 얼마 되지 않았을 때는 몰랐는데 살다보니 바람 방향을 쉽게 알게 된다. 제주에선 잠깐만 집중하면 한라산 너머 남쪽에서 바람이 부는지, 동쪽에서 부는지 알 수 있다.

오늘은 북쪽에서 부는 찬바람이 확연히 느껴졌다.

“아, 겨울이 왔나 보다.”

12월 11일

마당에 있는 동백나무에 하나둘 피기 시작하던 동백꽃이 제법 빨갛게 피어올랐다. 눈이라도 오면 동백나무는 빨강, 초록, 하얀색이 어우러진 예쁜 팔레트가 된다.
겨울에 꽃을 피우는 동백나무는 볼 때마다 신기하다. 눈 덮인 땅을 뚫고 나와 노랗게 피는 수선화도. 겨울꽃을 볼 때면 한여름 화려한 정원을 돌볼 때와는 다른 묵직한 애틋함을 느낀다.
겨울은 꽁꽁 얼어붙어 생명 한 톨 없어 보이지만 사실은 그렇지 않다. 이렇게 모든 세상이 동면하는 동안에도 찬란히 피는 꽃이 있다. 추위를 이기고 피어난 꽃은 더 강하고 화려하다.

☽

12월 12일

유튜브나 책을 통해 다른 사람들의 살림법과 라이프스타일을 가끔 들여다본다. 처음엔 '나도 이렇게 해봐야지!' 하다가 부러움과 존경의 지점에 이르면 '나는 안 되겠다' 하고 포기하고 싶은 생각이 든다. '저 사람은 지존이군. 나와는 달라' 하고 경계를 긋는다.
사람 사는 게 다 같을 수 없다. 각자의 라이프스타일이 있다. 좋은 건 취하고 거기에 내 스타일을 접목해 내 방식을 만들면 된다. 그 누구와도 똑같을 수는 없다.

☽

12월 13일

운동하러 가는 길. 집을 조금 일찍 나서서 수업 전에 매트를 깔고 눕는다. 가만히 누워 어른들 수다를 청취하는 일은 꽤 즐겁다. 돈 뒀다가 뭐하냐며 마사지 기계라도 사서 몸 관리 좀 하라는 한 아주머니 이야기에 다른 아주머니가 답하신다.
“이제는 살까 말까 하는 건 사면 안 돼. 나 죽고 나면 자식들이 치울 텐데 골치 아파. 간단하게 살다 가야지. 근데 할까 말까 하는 건 해야 해. 못 해보고 죽으면 아쉬울 것 같아. 살다보니 벌써 노인이네. 언제 이렇게 시간이 흘렀어.”
그러다 불쑥 내게도 한마디 던지신다.
“우리 작가님은 아직 시간이 많으니까 사고 싶은 거 다 사고 해보고 싶은 것도 다 해봐. 너무 아끼지 마.”

12월 14일

밖에 바스락거리는 소리가 나서 창문으로 보니 뒷집과 쌓은 담 사이로 앞집 아저씨와 뒷집 아저씨가 이야기를 나누고 있다. 우리집 마당에서 우리 돌담을 사이에 두고 완벽한 두 명의 타인이 이야기를 나누는 모습이 꽤 유머스럽다.
공간의 해체, 불분명함은 확실히 타인과의 소통으로 연결된다. 눈도 오는데, 아저씨들 춥지도 않으신가.

12월 15일

제때 하지 않으면 일이 되는 설거지 같은 집안일은 바로바로 하는 편이다. 이유는 딱 두 가지다. 미룰수록 더 하기 싫기 때문이다. 그리고 냄새나는 그릇들을 쌓아놓은 채 외출했다가 혹시라도 사고가 생겨 남편과 나, 둘 다 병원에 입원한다면? 누군가 집에 짐을 챙기러 들어왔다가 싱크대를 보고 '너저분한 집'으로 기억할 수 있으니까. 나에게는 100번 중 한 번이지만 그 사람에게는 샘플로 뽑은 하나가 100퍼센트가 되어버릴 수도 있다. 고로 설거지는 절대 미루지 말자.

12월 16일

매번 나에게 도움을 요청하는 친구에게 이번엔 스스로 해결해보라며 거절했다. 딱히 힘든 일도 아니었는데 전화를 끊고 나니 주절주절 말한 내가 유치해 보였다. 오늘 컨디션도 안 좋은데 그런 얘기를 들어서 더 시니컬해진 거겠지. 그래도 그러지 말 걸 그랬나. 후회가 밀려온다.

아니야. 지금 이대로의 내 모습을 인정하자. 한 번만 나를 더 봐주자. 다른 사람도 아니고 가장 사랑하는 내가 저지른 유치함이니까. 지금 밀려오는 약간의 쪽팔림만 견디면 된다. 그것만이 오롯이 내가 감당해야 할 몫이다. 그리고 이 감정도 곧 사라질 것이다.

☾

12월 17일

유명해지길 모두가 꿈꾸는 시대다. 유명세는 영향력과 비례하기 때문이다. 영향력이 커지면 경제적 자유에 한 발 더 가까이 다가가게 된다. 하지만 경제적 자유가 진짜 우리가 꿈꾸던 자유일까. 미국 작가 리처드 로드리게스(Richard Rodriguez)의 생각은 다른 것 같다. '아무도 나에게 관심을 갖지 않는다면 세상은 내 것'이라는 주장을 보면.
유명함과 자유는 모래시계의 양 끝 같아서 어느 한쪽이 많아지면 다른 한쪽은 반드시 줄어들 수밖에 없다. 둘 중 하나를 택하라면 나는 자유를 택하고 싶다. 아니, 진짜 속마음은 "아무도 나를 모르고 돈만 많았으면 좋겠어요"라고 했던 어떤 배우와 똑같을지도.

☾

12월 18일

우리가 행복을 느끼는 순간은 복잡한 호르몬 작용과 고도의 생물학적 공식이 결합해 만들어지지 않는다. 맛있는 음식을 먹을 때, 사각거리는 깔끔한 호텔 침대 시트 안에 쏙 들어갈 때, 아름다운 풍경을 볼 때, 예쁜 노을을 마주할 때, 다정한 말을 들을 때… 그저 단순한 경험에도 쉽게 만족감을 느낀다. 행복은 복잡하지 않다. 재거나 '밀당'하지 않는다. 행복은 단순함에 있다. 우리가 행복을 찾아 헤매는 이유는 행복이 다른 데 있다고 착각하기 때문이다.

12월 19일

제주 공영주차장에는 버려진 차가 종종 있다. 특히 차에 창문이 깨져 있으면 쓰레기통인양 지나다니는 사람들이 쓰레기를 던지고 간다.
'깨진 유리창의 법칙'이라는 이론이 있다. 사람도 비슷하다고 생각한다. 내 안의 유리창이 깨지면 내 삶이 계속해서 오염된다. 한 번도 안 먹은 사람은 있어도 한 번만 먹은 사람은 없다, 는 먹방 캐치프레이즈와도 같다. 이것도 했는데 뭐, 어차피 난 틀렸어. 그런 생각으로 계속 삶이 갉아지는 것이다. 그래서 마음이 불편할 수 있는 어떤 행동을 할 때 (혹은 하지 않을 때) 이것이 내 삶에 유리창을 깨는 일은 아닌가 되짚어본다. 이 행동이 깨진 유리창이 되어 다른 좋지 않은 행동을 불러일으킬 수 있는 여지가 있다면 절대 하지 않는다.

✦

12월 20일

나는 나를 잘 알고 있다고 생각하지만 사실 내가 나에 대해 아는 건 일부일 뿐이다. 기억에 저장된 과거의 일부만 안다. 일단 나는 내 몸에 대해서도 잘 모른다. 나의 뇌, 위, 장, 췌장이 어떻게 생겼는지 모른다. 겉으로 드러난 몸에 대해서는 비교적 잘 알지만 거울을 보지 않고 내 얼굴을 그려보라고 하면 내가 정확히 어떻게 생겼는지 그릴 수 있는 사람은 거의 없다. 그만큼 나는 나를 모른다.

나는 내 마음에 대해서도 잘 모른다. 왜 내가 이렇게 하는지, 저렇게 하는지, 왜 해야 하는 걸 하지 않고 하지 말아야 할 것들을 자꾸만 하는지. 도통 알 수가 없다. 그러니 늘 '나는 나를 잘 모른다'에서부터 출발하면 나를 이해하기가 좀 편하다. 조금 더 자유롭다.

12월 21일

올해도 10일밖에 남지 않았다. 나는 올해 초보다 조금 더 다듬어진 사람이 되었을까? 궁금하다.
미켈란젤로는 돌 속에 숨겨진 형상을 상상하며 불필요한 부분을 깎아내고 쪼아내는 형식으로 작품을 만들었다고 한다. 뭔가 나 자신이 도무지 마음에 안 드는 날에는 내가 미켈란젤로의 조각품이라고 상상한다. 내 안에는 아름다운 형상이 숨어 있지만 아직 깎아내야 할 군더더기들이 많은 돌덩이라고. 그걸 다 깎아내고 나면 유일무이한 작품이 될 거라고.

12월 22일

타인에게 내어주는 나의 친절도
이렇게 차별이 없기를.

12월 23일

미국 작가 마야 안젤루(Maya Angelou)는 용기를 가진다는 것은 두렵지 않다는 걸 의미하는 게 아니라 두려움을 직면한다는 뜻이라고 말했다. 시간이 가는데 성과가 눈에 띄지 않으면 마음이 조급해진다. 이게 맞나, 잘 가고 있는 건가, 이렇게 살아도 되나… 내일을 바라보는 내 시선에는 두려움의 필터가 삽입되어 있다. 도무지 짐작할 수 없는 미래를 바라보기 때문에 그렇다.
그래서 알 수 없는 미래를 보는 대신 지금 현재의 나를 본다. 이렇게 글을 쓰고, 그림을 그리고, 건강한 한 끼를 챙겨 먹는 나. 그저 오늘 하루를 거뜬히 살아내기로 한다. 오늘을 살아가는 데 필요한 용기 정도는 나에게 있다. 내일을 살아갈 용기는 내일 생각하자.

12월 24일

투투툭. 눈이 오기 시작한다. 낭만적인 크리스마스를 꿈꾸기엔 바람이 좀 세다 싶었다. 아뿔싸, 역시. 인터넷이 끊겼다. 시골 마을의 인터넷 수리는 시간이 걸린다. 서비스 기사가 올 수 있는 때가 고칠 수 있는 때다.
시내에 있는 남편 작업실로 짧은 여행을 가기로 했다. 갈아입을 옷과 샤워 도구 등을 챙겨 도착한 작업실. 세상에 이렇게나 따뜻하다니. 보온 주머니를 가슴에 품지 않아도 되는, 웃풍이 전혀 없는 곳이었다.
나는 불을 발견한 구석기 시대 인류처럼 흥분했다. 시내에 사는 건 이렇게 좋은 거구나. 처음으로 배달앱도 깔았다. 떡볶이를 배달시켰는데 너무 신기했다. 매일매일 시켜 먹을 수 있을 것 같았다. 떡볶이와 스파클링 와인을 먹는 동안 〈거침없이 하이킥〉을 정주행하면서 완벽한 크리스마스 이브를 보냈다.

12월 25일

함께 있는 것만으로도 행복한 크리스마스!

12월 26일

좋아하는 일과 잘하는 일이 매칭된 삶을 사는 건 확률상 높지 않다. 세상에는 먹고살기 위해 하기 싫은 일을 하는 사람도 많고, 그냥 할 수 있는 일이 그것뿐이라 일하는 사람도 많으니까. 그런 면에서 나는 참 운이 좋은 사람이다.

☾

12월 27일

기분이 가라앉거나 왠지 의기소침한 날엔 글루건을 꺼낸다. 글루건은 나의 최애 공구 중 하나다(참고로 최애 공구 Top3는 타카, 글루건, 전기 드라이버다. 이 세 개만 있으면 집도 지을 수 있을 것 같다). 벽이나 바닥에 붙일 것들을 찾는다. 오늘은 싱크대 행주걸이, 욕실 샤워볼 걸이, 부엌 앞치마 걸이를 죄다 벽에 붙일 테다.
전기를 연결한 뒤 글루가 녹길 기다린다. 이 시간이 제일 더디 간다. 건(총) 손잡이를 당겼을 때 글루가 투명하게 녹아 나오면 준비 끝. 스테인리스로 된 걸이 뒷면에 글루를 발라 벽에 철퍼덕 붙인 다음 조금 기다리면 완전히 접착된다. 뭔가 엄청난 일을 이룬 것 같아 행복하다. 중력에 반항하는 일은 늘 신이 난다.

☾

12월 28일

나는 꽃병 속에 몸을 액체처럼 밀어 넣는 고양이처럼 그리 유연하지도 않고, 온몸을 흔들며 환대하는 강아지처럼 다정하지도 않다. 하지만 지난 1년을 지나오며 나에게는 약속 몇 개쯤은 미뤄주는 유연함이 생겼고, 나에게 좀 더 다정해졌다. 내년에도 끊임없이 나를 알아가는 일에 조금 더 마음을 써야겠다. 있는 그대로의 나를 존중하면서, 하고 싶은 일을 최대한 해보면서.

12월 29일

행복한 사람은 사랑하는 사람과 결혼한 사람이고, 더 행복한 사람은 배우자를 사랑하는 사람이라고 한다. 나는 사랑하는 사람과 결혼했고, 또 이 사람을 사랑하고 있으니 최고로 행복하다.

✦

12월 30일

사소한 것들에 대해 검색하던 중 재미있는 사이트를 발견했다. 제임스 클리어(James Clear) 작가가 만든 동기부여 사이트인데, 여기에 '사소한 성장의 힘(The power of tiny gains)'에 관해 설명한 그림이 있다. 매일 1퍼센트씩만 나아져도 1년 뒤에는 37배로 성장한다는 내용을 담은 그래프다.
'1년의 시간을 줄 테니 20배로 성장하시오'라고 요청하면 엄두도 내지 못할 것 같다. 하지만 어제보다 오늘 1퍼센트 나아지는 건 해볼 수 있겠다. 그것들이 쌓이면 뭔가 달라진다는 이야기를 들으니 힘이 난다.
잠자는 시간을 빼고 깨어있는 16시간 중에서 1퍼센트는 9.6분이다. 어림잡아 10분씩만 1년 동안 꾸준히 하면 나는 확실히 지금과는 다른 모습일 것이라는 사실이 놀랍다. 내년엔 뭘 해볼까?

12월 31일

'밀림의 왕 사자조차도 파리로부터 자신을 보호한다'라는 아프리카 속담이 있다. 나를 괴롭히거나 귀찮게 하는 것들로부터 내가 나를 보호하는 건 당연하다. 내가 얼마나 강하고 단단한 사람인지와는 전혀 상관이 없다. 아무리 사소하더라도 나를 힘들게 하거나 스트레스를 주는 건 피하기로 한다. 관계라면 거리를 두고 일이라면 손을 놓는다. 내년엔 조금 더 행복한 사자가 되어 있기를 바라며.